Als Ipek für ein verlängertes Wochenende ihren Vater besucht, weiß sie, dass er auf dem Bahnhofsplatz im Auto auf sie warten und sie nicht am Zug empfangen wird. Im Elternhaus angekommen sitzt sie in ihrem früheren Kinderzimmer, hört ihn im Garten, im Haus, beim Teekochen. Die Nähe, die Kind und Vater verbunden hat, ist ihnen mit jedem Jahr ein wenig mehr abhandengekommen, und mit der Nähe die gemeinsame Sprache. Ipek ist Journalistin, sie hat das Fragenstellen gelernt, aber gegenüber dem Schweigen zwischen ihr und dem Vater ist sie ohnmächtig.

Dilek Güngör beschreibt die Annäherung einer Tochter an ihren Vater, der als sogenannter Gastarbeiter in den 70er Jahren aus der Türkei nach Deutschland kam. Sie erzählt von dem Versuch, die Sprachlosigkeit mit Gesten und Handgriffen in der Küche, mit stummem Beieinandersitzen zu überwinden. Ein sehr berührender humorvoller Roman über eine Vater-Tochter-Beziehung.

Dilek Güngör, geboren 1972 in Schwäbisch Gmünd, ist Journalistin und Schriftstellerin. Ihre gesammelten Zeitungskolumnen erschienen in den Bänden »Unter uns« und »Ganz schön deutsch«. 2007 veröffentlichte sie ihren ersten Roman »Das Geheimnis meiner türkischen Großmutter«. 2019 erschien ihr zweiter Roman »Ich bin Özlem« im Verbrecher Verlag. Die Autorin lebt und schreibt in Berlin.

Dilek Güngör

Vater und ich

Roman

VERBRECHER VERLAG

1

Wann haben wir aufgehört, miteinander zu sprechen? Als ich zwölf wurde oder dreizehn? Oder erst später, als wir schon übers Ausgehen stritten und übers Abendswegbleiben?

War ich eines Morgens in die Küche gekommen und hatte mich gewundert, warum du nichts sagst? Hatte ich dir beim Brotabschneiden etwas erzählt, und du hattest nur »Ja« gesagt oder »Hmh« oder nichts? Wäre es so gewesen, wüsste ich das. Ich würde mich an den genauen Tag, an den Moment erinnern, daran, was es an dem Morgen zum Frühstück gab. Was du tatst, welches Hemd du trugst. Wohin du sahst und wohin ich sah, ob ich meinen Satz wiederholte oder nur dachte, ich hätte etwas falsch gemacht.

Ich hatte nichts falsch gemacht, auch du hattest nichts falsch gemacht. Trotzdem war es vorbei. Kein Huckepack mehr, kein Rangeln, kein Kitzeln, kein Kuscheln, keine Wasserschlachten.

Keine hartgekochten Eier im Bett. »Du hast heute Nacht ein Ei gelegt!« Was haben wir gelacht und gekreischt und den Scherz jedes Wochenende wiederholt. Jedem Gast, der über Nacht blieb, schmuggelten wir in aller Früh ein Ei unter die Decke. Und fanden es beim Wecken. »Kuckt mal, ein Ei!« Beim Frühstück legtest du es in deine Hand, schlugst es mit dem Messer, zack, entzwei, und dann unserem Gast auf den Teller. »Bitte schön, dein Ei, frisch gelegt!«

2

»Du brauchst nicht zu kommen.«

Ich hatte nichts anderes erwartet. Niemals hättest du mich gebeten, dir Gesellschaft zu leisten. Du hättest auch nie gesagt, bleib ruhig zuhause, ich mach mir ein paar schöne Tage ohne deine Mutter. Wenn du mir einmal gesagt hättest, was du willst. Wenn du einmal etwas gewollt hättest. Das hätte mich wirklich überrascht. So hast du die Entscheidung mir überlassen. Und ich habe sie getroffen.

»Glaubst du, er kann nicht eine Woche allein sein?«, hatte Mama am Telefon gesagt. »Mach dir keine Gedanken, Ipek, ich habe alle Termine abgesagt. Ich hab den Kunden gesagt, ich bin nicht da, sie brauchen nicht zu kommen, der Laden ist zu. Ich hänge auch noch einen Zettel an die Tür. Um deinen Vater brauchst du dir wirklich keine Sorgen zu machen. Der weiß gar nicht, wie gut er es hat. Der Gefrierschrank ist voll, und wenn er keine Lust hat, sich was zu kochen, kann er essen gehen. Er kann es machen, wie er will, Ipek, ich hab keine Kraft mehr, wirklich, ich kann mich nicht mein ganzes Leben um ihn kümmern. Wie ein Kind, wie ein kleines Kind ist er. Irgendwann ist genug. Er soll sich ausruhen, er soll schwimmen gehen. Oder zum Sport. Seine Tasche steht im Flur, letzte Woche habe ich ihm ein neues Oberteil gekauft, richtig schön, blau. Das alte war schon ganz schäbig, wenn ich es nicht weggeworfen hätte, würde er es immer noch anziehen. Er wird mal eine Woche in seinem Leben allein sein können, Ipek, du brauchst dir keine Gedanken zu machen.«

Ich mache mir keine Gedanken. Du kannst sehr gut eine Woche allein sein. Du hast den Laden und Leute zum Spazierengehen. Den Wochenmarkt und Edeka. Den Fernseher und das Laptop, auf dem du türkische Nachrichtenseiten verfolgst. Manchmal liest du ein Buch. Und schläfst dabei ein.

Mein Zug fährt bereits langsamer, zieht an Penny vorbei, am Autohaus, an McDonald's, da vorn beginnt der Bahnsteig. Ich stehe am Fenster im Gang, halte Ausschau nach dir, obwohl ich weiß, dass du nie auf den Bahnsteig kommst. Du stehst auf dem Vorplatz, wo die Busse halten, oder auf dem Parkplatz, der ein Stück weit vom Bahnhofsgebäude entfernt ist. Du steigst aus dem Auto, aber kommst mir nicht entgegen. Du stehst so halbhalb, als wärest du nicht sicher, wohin du sollst.

Vielleicht kämest du auf den Bahnsteig, wenn ich dir sagte, dass es schön ist, direkt vom Zug abgeholt zu werden. Ich sage es nicht, und du weißt es nicht, denn du fährst nie weg und kommst nirgends an. Du bist immer da.

Ich freue mich, wenn mich Mama abholen kommt – oder wenn ich eine Freundin in einer anderen Stadt besuche –, wenn wir uns zuwinken, uns entgegenlaufen, einander in die Arme nehmen, uns drücken und lachen.

Du und ich, wir drücken uns nicht, wir nehmen einander nicht in die Arme. Die Hand gibst du mir, die letzten Male haben wir, ohne dass sich unsere Wangen berührten, aneinander vorbeigeküsst. Was soll auch diese Küsserei?

Für manche Dinge wird man schnell zu alt. Als Kind ließ ich deine nassen, schmatzenden Küsse noch zu, deine Bisse in meine Hand, in die Backe, ins Kinn, jedoch immer nur zuhause, niemals vor anderen. Später wollte ich nicht einmal vor der Schule mit dir gesehen werden und stieg schon an der Ecke aus.

Habe ich den Anfang gemacht?

Diesmal stehst du nicht vorm Bahnhof. Du wartest auch nicht auf dem Parkplatz. Ich gehe um das Bahnhofsgebäude und setze mich auf einen der viereckigen Betonkübel. Meine Augen hefte ich auf das Ende der Straße, auf die Kurve und versuche, bei jedem dunklen Auto, das einbiegt, zu erkennen, ob du das bist. Du kommst erst, als sich der Platz geleert hat. Nicht in Eile, nicht gehetzt, langsam rollst du aus der Kurve aufs Bahnhofsgelände, als würdest du den Weg suchen. Ich stehe auf, gehe dir entgegen, du müsstest nur ranfahren und mich reinspringen lassen.

Du siehst mich, fährst an mir vorbei, ein ganzes Stück über den leeren Platz und kommst erst an der Bushaltestelle zum Stehen. Du steigst nicht aus, du wartest, bis ich am Auto bin, dann springt der Kofferraum auf, dafür hast du einen Hebel neben dem Sitz.

Im Kofferraum stehen der Einkaufskorb, zwei leere Wasserkästen und eine Rolle vom dünnen rosa Schaumstoff. Deshalb. Du warst Schaumstoff kaufen und Sprühkleber, hast irgendwo Maß genommen oder etwas abgeliefert, es hat länger gedauert. Wie immer hast du das Abholen vom Bahnhof gleich mit einer Erledigung verbunden.

Wir gehen keinen Weg mit leeren Händen, das habe ich mir bei dir abgeschaut, ohne es mir abzuschauen. Stets habe ich etwas in der Hand, wenn ich von einem Zimmer in das andere gehe, die Zeitung vom Vortag, die Jacke, die auf dem Sofa lag. Die leere Teetasse. Den Müll, wenn ich das Haus verlasse. Kai hat das nie verstanden.

»Hallo«, sage ich, lehne mich über die Gangschaltung, küsse dich auf die Wange, weil man sich so begrüßt, wenn man sich lange nicht gesehen hat. Und sich freut. Wir freuen uns, so beiläufig, so verdeckt, dass es keiner sieht. Nicht einmal wir.

Du stellst den Motor an, setzt den Blinker, ich ziehe den Gurt vor, suche mit der Hand nach der Schnalle, öffne das Fenster einen Spalt. Wir rollen langsam zur Ampel vor, ich schnalle mich an, es wird grün, wir fahren los, erster, zweiter, dritter Gang. Jetzt gibt es nichts mehr zu fummeln und zu richten, die Straße bleibt schnurgerade. Ich könnte tief seufzen und dich anstrahlen, mich auf dem Beifahrersitz zu dir drehen, du könntest zurücklächeln, mich fragen, wie die Fahrt war. Doch du drehst das Radio an, fragst nicht nach dem Verlauf der Fahrt und auch nicht nach dem Wetter in Berlin. Warum auch, was macht es schon für einen Unterschied, ob das Wetter in Berlin so ist wie hier oder anders?

Auch ich habe nichts mitzuteilen. Auf der Zugfahrt ist nichts geschehen, ich habe gelesen oder zum Fenster hinausgeschaut, mich gelangweilt, die Reise bereut und wieder gelesen. Einmal musste ich umsteigen, die Wartezeit habe ich mir im Zeitschriftenkiosk vertrieben und mir ein Baguette mit Käse gekauft.

Du hast Glück, du musst auf die Straße achten und Gas geben, auf das Auto hinter uns achten und andere wichtige Dinge tun.

Ich muss aufpassen, an unserem Schweigen nicht zu ersticken.

»Hat Mama sich schon gemeldet?« Dass ich nicht gleich nach ihr gefragt habe.

»Ja, ihr geht's gut. Jetzt ist sie erlöst.«

Ich muss lächeln. Vielleicht werden die drei Tage doch nicht so schlimm.

»Wenn mich Allah bloß von euch erlösen würde.« Mama sagt oft solche Sätze. Was hat sie uns verflucht: »Allah bestrafe dich. Allah nehme dir die Seele. Mögest du erblinden.«

Es ist schade, dass diese Verwünschungen auf Deutsch wie ausgedacht klingen. Als ich klein war, warf Mama mit Hausschuhen nach uns, riss die Augen auf, hob drohend die Hand. Das konnte schnell bei ihr gehen und war auch schnell wieder vorbei. Mama nennt das Feuer, du nennst es Wahnsinn und von klein auf wusste ich, dass das alles nicht so viel zu bedeuten hat.

»Und, wie gefällt es ihr?«, frage ich, obwohl ich genau weiß, wie es ihr gefällt. Wir haben telefoniert.

»Sie kriegt Massagen. Geht wandern.«

»Wandern?« Davon hat sie mir nichts erzählt.

»Mit diesen Stöcken.«

»Da gehen sie mit ihren Stöcken«, sagst du immer. Aus eurem Küchenfenster kann man sie gut sehen. Morgens marschiert eine Gruppe Frauen in wetterfesten Jacken am Haus vorbei zu den Feldern, ins Wäldchen. Du sagst es nicht abfällig, du machst dich nicht lustig. Es liegt nur eine solche Verwunderung in deiner Stimme, so viel Unverständnis über diese Betätigung, dass ich jedes Mal grinsen muss. Ich stellte mir meine Mutter in Regenjacke vor, mit Stöcken und dehnbaren Hosen.

»Wahrscheinlich macht es ihr sogar Spaß«, sage ich.

Mama macht allerhand Spaß. Qi Gong, Yoga, Rückengymnastik. Schwimmen. Das hat sie erst gelernt, als ich schon in die Schule ging. Jetzt hat sie eine Jahreskarte für das Thermalbad.

Das Sporthotel hat Meray ausgesucht. Ein tiefblaues Schwimmbecken in einer gläsernen Halle, das in den Nachthimmel strahlt, ein dampfender Whirlpool im Schnee, dicke, weiße Handtücher, heiße Steine, Massagen und Champagnerkelche. Den Freundinnen einen gemeinsamen Urlaub zu schenken, hatten wir schon lange vor und jetzt, wo Tante Gülseren, Merays Mutter, ihre zweite Bestrahlung gut überstanden hat, haben wir den vier Freundinnen eine Wohlfühlwoche im Schwarzwald gebucht.

Meray, Darija, Sonja und ich kennen uns aus der Schule, unsere Mütter nähten in derselben Fabrik. Ich hatte als Einzige kein *J* und kein *Y* im Vornamen und fühlte mich mit meinem *K* am Ende immer ein wenig wie ein Junge. Auch weil ich Latzhosen trug, überhaupt immer in Hosen und nicht wie Sonja in weißen Strumpfhosen und Sandalen in die Schule ging. Sonja heißt in Wirklichkeit Süheyla, doch das wissen nur wir. Seit Süheyla Sonja heißt, hat sie niemand mehr nach ihrem komischen Namen gefragt oder gesagt, dass sie mit ihren hellen Haaren und den grünen Augen gar nicht aussehe wie eine Türkin.

Als wir klein waren, zog Tante Gülseren sie auf und sagte, ihre Mutter habe aus dem Krankenhaus ein fremdes Baby mitgenommen. »In der Stadt sitzt irgendwo eine Sabine mit einem hässlichen, schwarzgelockten Kind und wundert sich.«

»Lass doch das Mädchen in Frieden«, sagte Tante Dragica.

Aber Tante Gülseren ließ Sonja nicht in Frieden. »Und ihr Mann erst. Der hat sich bestimmt schon scheiden lassen.«

Meray, Darija und Sonja sind meine ältesten Freundinnen, sie sind nie weggezogen aus unserer kleinen Stadt. Die drei sehen sich fast jeden Tag, sie machen gemeinsam Yoga, Sonjas und Darijas Kinder gehen in denselben Kindergarten. Wir sehen uns, wenn ich Mama und dich besuche und länger bleibe als drei oder vier Tage. Dann treffe ich die drei in einem der neuen Cafés am Kirchplatz, oder sie kommen mit ihren Müttern vorbei. In Berlin vergesse ich sie wieder.

»Das sind anständige Töchter«, sagst du manchmal, wenn ich mit Mama telefoniere. Wenn Mama und ich telefonieren, bist du stets in ihrer Nähe und kommentierst im Hintergrund unser Gespräch.

»Was sagt er?«

»Ach nichts, dein Vater redet bloß. Ich habe Darija in der Stadt getroffen. Das Haus ist jetzt fertig, aber der Garten, viel zu groß. Hab ich ihr von Anfang an gesagt. So viel Arbeit. Naja, ein jeder nach seiner Façon. Einen Grill haben sie sich gekauft, so groß wie unsere Küche. Muss jeder selbst wissen.«

»Darauf kann man gut Kebap braten.«

»Kannst du bitte einmal still sein, wenn ich telefoniere? Ich verstehe kein Wort«, herrscht Mama dich an. »Darija sagt, die Kinder wünschen sich einen Hund! Dem muss sie dann mit so einem Beutel hinterherlaufen und die Kacke einsammeln. Allah gebe den Leuten Verstand. Sie lässt dir Grüße ausrichten und fragt, wann du denn wiederkommst.«

»Mal sehen, ich habe gerade so viel zu tun.«

Mama und ihre Freundinnen sind nicht so eng befreundet wie die Töchter. Ich nenne sie noch immer Tante Dragica, Tante Vildan und Tante Gülseren. Du hast eigene Namen für sie, Tante Gülseren ist der General, Tante Vildan nennst du Ezo Gelin, weil sie so schöne Augen hat wie die Schauspielerin Fatma Girik, die in den 70er Jahren die tragische *Ezo Gelin* spielte. Den Film haben wir wieder und wieder auf Video gesehen und jedes Mal dabei geweint. Tante Dragica nennst du Dansöz, die Tänzerin. Bis vor einer Weile trat sie mit ihrer Bauchtanzgruppe bei Stadtfesten oder während der interkulturellen Woche auf. Freitags packen Mama, der General, Ezo Gelin und Dansöz ihre Badetaschen und fahren zusammen in die Therme, einmal im Monat treffen sie sich reihum zum Frühstück.

»Na, Herzchen, was hämmerst du wieder in aller Früh? Man hört dich bis auf die Straße«, sagt Tante Gülseren an der Tür. Oder: »Da steht er in seinem grauen Kittelchen. Was arbeitest du denn noch? Hast du noch nicht genug Geld verdient? Kauf dir ein Haus in Antalya und leg dich in die Sonne wie ein normaler Rentner.«

Tante Vildan und Tante Dragica lächeln, nehmen Tante Gülseren am Ellbogen und bugsieren sie ins Haus. Du freust dich still über den General, schenkst dir eine Tasse Kaffee ein und gehst wieder an deine Arbeit. »Iss nicht wieder alle Croissants auf, Gülseren. Nicht, dass du dich wieder verschluckst und ich mit dem Kompressor kommen muss.«

3

Zuhause bringst du den Schaumstoff hinunter in den Laden.

Ich trage meinen Rucksack in das Zimmer unter dem Dach. Hier stehen meine Kinderbücher und ein Schrank voll Bettwäsche, Daunendecken und Zeugs, das es günstig bei Tchibo oder Aldi gab: Skihandschuhe, Gemüseschäler, Teelichter, faltbare Wäschekörbchen, Ersatzschnürsenkel, Druckerpapier. Für den Fall, dass du deine Handschuhe verlierst oder der Schäler nicht mehr schält. Ich finde eine Pfeffermühle und lege sie zu meinen Sachen. Unsere hat Kai mitgenommen.

Euer Haus steht an einem Hang. Im Erdgeschoss liegt der Laden, der kein Laden mehr ist, sondern eure Werkstatt. Im Schaufenster stehen Kübelpflanzen, die den Blick verdecken sollen, aber wenn das Licht an ist, sieht man dich Leder zuschneiden oder Mama an ihrer Nähmaschine. Das Haus hatte Alois Herkommer, dem Schuhmacher im Dorf, gehört, dessen Tochter verkaufte es mitsamt dem Laden, als ihr Vater ins Pflegeheim kam. Über dem Laden wohnt ihr, auf zwei Etagen.

Geht man rechts am Laden an der Hecke entlang und die vier Stufen hinauf, kommt man zur Haustür, dahinter liegen das Wohnzimmer, euer Schlafzimmer, die Küche und das Bad. Darüber, unter der Schräge, zwei kleine Zimmer, eine Abstellkammer und das Zimmer, in dem ich schlafe, wenn ich hier bin. Ich habe hier nie gewohnt, ihr habt das Haus gekauft, als ich schon ausgezogen war. Frau Seifert kannte Waltraud Herkommer, die Schuhmacherstochter und wusste, dass sie das Haus loswerden wollte. Ohne Frau Seifert hättet ihr es wohl nie gekauft. So wie ihr auch die Wohnung im Akazienweg ohne sie vielleicht nie gekauft hättet.

Ich war vier, als wir in das dreistöckige Mietshaus im Akazienweg zogen, in dem ihr kurze Zeit später die Wohnung kaufen solltet. In der Mitte der Hausfassade, hinter der das Treppenhaus lag, hatten Maler einen orangenen Streifen aufgemalt. Daran konnte ich es von den anderen Häusern in der Straße unterscheiden, die bis auf den gelben und den roten und den lilafarbenen Streifen genau gleich aussahen. Frau Seifert wohnte mit ihrem Sohn Michael auch im orangenen Haus, in der Wohnung nebenan, nachmittags holte sie mich vom Kindergarten ab und meldete mich in der Musikschule an, als ich in die zweite Klasse kam. Michael half mir bei den Mathehausaufgaben oder fragte mich Vokabeln ab. Manchmal half ich ihm beim Zeitungaustragen.

»Eine Wohnung kauft ihr euch?«, sagten Onkel Orhan und andere Leute aus der Fabrik.

»Ihr wollt doch nicht für immer hier bleiben.«

»Für das Geld kriegst du in der Türkei einen ganzen Wohnblock.«

»Wer sich hier was kauft, wird auch hier begraben.«

Onkel Orhan und Tante Gülseren wollten zurück, in drei Jahren oder vier oder fünf, spätestens dann, wenn Meray und ihre Geschwister mit der Schule fertig waren. Anders als Mama und du waren sie nicht gekommen, um zu bleiben. Keiner von ihnen ist zurückgekehrt, Onkel Orhan ist seit zwei Jahren auf dem Dorffriedhof begraben.

Ihr habt nicht auf sie gehört und die Wohnung im Akazienweg gekauft und später verkauft, um das Schuhmacherhaus in der Hoffmann-von-Fallersleben-Straße zu kaufen. Ihr habt den Laden gelassen, wie er war, aber oben Wände herausgerissen, größere Fenster einbauen lassen, die Küche vergrößert, Bad und Gästeklo renoviert. Als auch die Klingelschilder ausgetauscht waren und die Werkstatt eingerichtet, wohnte ich schon seit einem Jahr in einer anderen Stadt, in meiner ersten WG zusammen mit zwei Frauen, die an ihrer Diplomarbeit saßen und mir sehr erwachsen vorkamen.

»Englisch, wieso Englisch?«, hatte Tante Gülseren gefragt. »Warum studierst du nicht Medizin?«

Lehrerin oder Ärztin, davon hatten unsere Mütter geträumt, das sollten wir werden. Von uns vieren hat nur Dragica ihrer Mutter diesen Wunsch erfüllt, sie wusste bereits in der siebten Klasse, dass sie eines Tages Lehrerin werden würde. Jetzt unterrichtet sie Deutsch am Eduard-Mörike-Gymnasium. Meray ist Physiotherapeutin, arbeitet im Franziskus-Krankenhaus und massiert Mama auf dem Wohnzimmersofa den unteren Rücken. Sonja leitet die Kreditabteilung einer Bank. Wenn eine der Tanten ein Schreiben von der Bank, der Stadt, der Rentenkasse oder vom Finanzamt bekommt, ruft sie Sonja an.

»Du bist als einzige so weit weggezogen, sagt dein Vater immer«, meinte Mama vor einer Weile am Telefon. »Wie viele Jahre bist du jetzt schon weg? Bald zwanzig.«

Da verstand ich sogar, was du im Hintergrund sagtest.

Du sagtest: »Hat als einzige etwas studiert, wovon ihre Tanten gar nichts haben.«

Die leeren Zimmer sind fast unheimlich ohne Mama. Als wäre sie gestorben und wir beide übriggeblieben. Was immer wir tun, wir zwei werden kein Leben in diese Räume bringen. Ohne sie ist dieses Haus kein Zuhause, wie auch meine Wohnung in Berlin kein Zuhause ist. Zu einem Zuhause gehören Menschen, jemand, der einem Tee kocht oder eine Wolldecke holt, wenn man auf dem Sofa eingeschlafen ist. Ich wollte, dass Kai auszieht, aber seit er weg ist, fühle ich mich so, als hütete ich die Wohnung anderer Leute. Die meisten seiner Möbel hat er abholen lassen, trotzdem bin ich umgeben von Regalen und Bildern und Stühlen, die *unsere* sind, auch das große Bett haben wir zusammen ausgesucht.

Jetzt bin ich hier, heute und morgen und übermorgen, und am Donnerstag fahre ich zurück. Ich weiß nicht, ob wir je einmal längere Zeit miteinander allein waren, ohne Mama. Drei Tage sind ein Anfang, ein Versuch. Ob wir uns wieder nah sein können, anders als früher, aber so nah immerhin, dass ich dir eine Decke bringen könnte, wenn du beim Fernsehgucken einnickst?

4

Dass es mit uns vorbei war, habe ich erst begriffen, als es schon vorbei war, den Moment selbst habe ich verpasst. Vieles begreife ich erst hinterher oder gar nicht, auch dann nicht, wenn man es mir erklärt. Selbst dass ich gewachsen war, begriff ich erst, als es schon jeder andere sehen konnte. Längst trug ich weite Sweatshirts und enge Unterhemden, die den Busen wegdrückten, alles sollte so bleiben, wie es war. Nichts blieb, wie es war, und jeder hatte etwas dazu zu sagen. Nachbarn, Bekannte, ehemalige Lehrerinnen, denen wir auf dem Wochenmarkt in die Arme liefen.

»Was bist du groß geworden, Ipek. Dürfen wir dich noch duzen?«

Alle lachten, sogar ich, wo es doch nichts zu lachen gab, und hob die Tüte mit dem Brot vor die Brust. Tante Gülseren fragte nicht, ob sie mich noch duzen durfte.

»Hat sie ihre Tage schon?«

Sie fragte Mama, als stünde ich nicht direkt daneben.

Vielleicht haben wir früher nie miteinander gesprochen und nicht gemerkt, dass wir ohne Worte auskamen. Wir rangen auf dem Teppich, bewarfen uns mit Sofakissen, knoteten unsere Schnürsenkel aneinander, füllten heimlich Salz in die Zuckerdose, versteckten Mamas Schuhe. Du kitzeltest mich an den Fußsohlen, am Bauch, am Hals, ich quiekte und lachte, bis mir die Luft wegblieb.

»Könnt ihr beiden nicht *einmal* was Vernünftiges spielen?«, schimpfte Mama. Konnten wir, wir konnten ganz still sein, auf dem Sofa sitzen und Charlie-Chaplin-Filme gucken. Oder Dick und Doof. Kaum hob Stan Laurel die Augenbrauen oder verwuschelte seine Haare, platzte das Lachen aus uns heraus. Wir schauten die »Klamottenkiste«, und wie sehr liebten wir »Michel aus Lönneberga«, der seine kleine Schwester an der Fahnenstange hochzog, Schweine und Hühner besoffen machte, auf einem Pferd ins Haus ritt und zur Strafe im Schuppen saß und schnitzte.

Einen Schuppen gab es bei deinen Eltern nicht, nur Prügel, als man dich dabei erwischte, wie du in der Vorratskammer mit dem Finger Löcher in die Winterkürbisse bohrtest, damit sie verdarben, bevor deine Mutter einen Eintopf daraus kochen konnte. Es gab Hiebe, wenn Großmutter dich nach einer Jagd durchs halbe Dorf wieder eingefangen hatte, damit sie dich im Fluss waschen konnte. Während wir Michel beim Schnitzen zusahen, schenktest du mir einen Satz, zwei oder drei. Erzähltest mir vom Ackergaul, dem du mit einer Steinschleuder ein Auge ausgeschlagen hast. Aus Versehen. Dann drehten wir uns wieder zum Fernseher, aßen zu Abend, gingen schlafen.

In den Sommerferien, das nahm ich mir vor, würde ich Großmutter nach dem Gaul fragen.

5

Aus dem Kachelofen hämmert es; das bist du. Der Schornstein geht durch das ganze Haus. Im Laden wird das Feuer gemacht, gleich neben deiner Werkstatt, die Wärme steigt herauf zu mir und weiter bis unter das Dach. Wenn ich hier im Wohnzimmer die beiden weißen Türchen öffnete und nach dir riefe, könntest du mich unten hören. Ich rufe nicht, stattdessen koche ich uns Kaffee. Vielleicht liegen im Schrank noch Kekse oder Schokolade. Ich finde ein großes Glas selbstgebackener Cantuccini. Eine Tüte davon hat Mama mir neulich in einem fest zugeklebten Paket mit der Post nach Berlin geschickt, dazu eine Dose Melkfett, damit ich mir vor dem Schlafengehen die Füße einreibe und weiche Fersen bekomme, ein Säckchen Walnüsse von dem Hof aus dem Nachbardorf und zwei Gläser schwarze Johannisbeermarmelade von Waltraud, der Tochter des Schuhmachers, mit der ihr inzwischen befreundet seid. Die Cantuccini im Glas sind steinhart, nicht süß genug und aus Vollkornmehl. Immer muss Mama alles anders machen, so machen, wie sie es macht. Nichts schmeckt bei uns so, wie es normalerweise schmeckt. Ich lege uns trotzdem eine Handvoll davon auf das Tablett, hole Tassen, Löffel, erwärme ein wenig Milch. Dann gehe ich den halben Weg in den Laden hinunter, auf dem Treppenabsatz rufe ich: »Kaffee ist fertig.«

»Im Schrank wäre auch Tee gewesen.«

Du weißt, dass ich früher keinen Kaffee mochte, jetzt trinke ich ihn mit viel Milch.

»Keinen Zucker?«

Ich schüttle den Kopf. Schenke erst dir, dann mir Kaffee ein, bringe die Kanne weg. Hänge das Küchentuch auf, sehe zum Fenster hinaus. Die Nachbarn gehen mit ihren Hunden spazieren. Du räusperst dich, ich höre den Stuhl auf dem Parkett schaben. Drei Tage kommen mir plötzlich viel zu lang vor.

Ich setze mich zu dir, du schiebst mir die Cantuccini zu, nimmst einen Schluck Kaffee, legst dann die Hand auf die Tischplatte, die Finger eingerollt. So habe ich deine Hand schon hunderte Male gesehen. Gleich klopfst du sachte auf das Holz, hebst die Hand ein kleines Stück an und lässt sie wieder fallen, nicht aus Ungeduld oder weil du etwas sagen willst. Dein Klopfen ist wie ein Puls, vertraut und immer da. Ich kenne auch deine Finger, lang und schmal, mit großen, ovalen Fingernägeln, die sich gut lackieren lassen. Auf ihnen war viel mehr Platz als auf meinen Kindernägeln. Am Sonntagabend riebst du dir das Rot mit Mamas Nagellackentferner ab. Meins durfte bleiben, bis es von selbst abblätterte. Deine Hände sind Arbeitshände. Jeden Tag schneidest du dicke Polsterstoffe zu, Schaumstoff und Leder. Nagelst, tackerst, klebst, ziehst, spannst, drückst. Deshalb trägst du deinen Ehering nicht mehr. Er liegt mit Mamas Schmuck in der vanillegelben Plastikdose, auf der auf Türkisch »Für besondere Anlässe« steht.

»Wer trägt denn heute noch Goldschmuck«, hatte sie vor ein paar Jahren einmal gesagt und die Armreifen, die Halsketten, die Ringe auf die Matratze gekippt. Sie hielt eine lange Kette mit einer goldenen Münze in die Höhe, auf der das Profil von Atatürk zu sehen war. »Die habe ich bekommen, als wir geheiratet haben.«

Mir hat Mamas Goldschmuck nie gefallen. Zu gelb, zu protzig, zu laut. Mit meinem ersten selbstverdienten Geld habe ich ihr kleine, goldumrandete Perlen gekauft, ein Stecker für jedes Ohr. Seltsam sah sie aus damit, nicht wie Mama und weder elegant noch stilvoll, dabei hatte ich mir das erhofft. Sie sagte, sie seien hübsch, aber ich hatte den Verdacht, sie trug sie mir zuliebe.

»Mehr Kaffee?«

Wir sagen nicht du, nicht Papa, nicht Vater, nicht Baba und du nicht Ipek. Wir sprechen miteinander ohne Ansprache. Ich quäle mich mit dir. Und mit mir selbst. Ich weiß nicht, womit du dich quälst. Ich halte die Kanne in die Höhe. Du schüttelst den Kopf. Nein, du schüttelst den Kopf nicht, du reckst kurz das Kinn nach vorn. Man kann dabei mit der Zunge schnalzen. Man kann auch die Augen schließen und die Augenbrauen in die Stirn heben. Nein.

Bedeutet diese Geste überall in der Türkei ein Nein oder nur dort, wo du herkommst?

Du schiebst den Teller mit den Cantuccini noch weiter zu mir.

Ich nehme mir zwei.

»An den Keksen bricht man sich die Zähne«, sagst du.

»Tauch sie in den Kaffee.«

»Geht dein Zug am Abend?«

»Am Donnerstag meinst du?«

Du nickst kaum merklich, mehr mit den Augen als mit dem Kopf.

»So um vier, glaube ich.«

»Mhm.«

»Freitagfrüh habe ich einen Termin.«

Du fragst nicht, was für einen Termin, und ich muss nicht lügen.

Dienstag muss ich tatsächlich da sein, zum Jour fixe der Ressortleiter, schon beim letzten Mal hatte mich Claudia vertreten. Ich könnte bis Montag bleiben und am Sonntagabend sogar noch Mama sehen. Die vier kommen mit dem letzten Zug zurück, Meray hat mir gemailt, um wie viel Uhr sie losfahren, wo sie umsteigen, wie lange sie auf den Anschlusszug warten müssen.

»Sonntag kommt ja Mama schon zurück«, sage ich.

»Leider.« Du lachst. »Ihr hättet ihnen ruhig zwei Wochen schenken können.«

»Beim nächsten Mal.«

Dann kehrt die Stille wieder ein, du räusperst dich, hebst deine Tasse zum Mund, siehst in den Garten hinaus. Immerhin, wir sprechen, wir sitzen nicht stumm beieinander. Du sagst etwas, ich sage etwas. Wir haben Zeit, heute und morgen und übermorgen. Erst einmal warm werden miteinander, uns aneinander gewöhnen.

6

Irgendwann konnten wir nicht mehr so tun, als wäre ich ein Kind. Ein Mädchen mit Haaren so kurz, dass man es für einen Jungen halten konnte. Immer dieses Herumgebalge und Gerenne. Klettert dem Vater auf die Schultern, lässt sich Huckepack nehmen, will ringen. Und keine Spur von Körpergefühl, geschweige denn Anmut.

»Ipek, tanz du doch lieber bei den Zwergen mit.« Hüpfen und springen konnte ich, aber wie Prinzessinnen die Hüften wiegen und die Schultern zittern lassen, das nicht. Da halfen auch die Nachhilfestunden bei Tante Dragica nicht. »Aufrecht stehen, Ipek, und die Schultern locker, ganz locker, schau zu, wie ich es mache.« Sie hob die Ellbogen und bewegte sachte die Schultern, vor und zurück. »Links, rechts, links, rechts. Und lächeln, Ipek.«

In der Woche vor der Aufführung im Gemeindesaal nahm mich die Lehrerin an diesen steifen Schultern und stellte mich in die hintere Reihe. »Wie festgenagelt, lass die Schultern fallen, Kind.« Also tanzte ich als einziges Mädchen bei den Zwergen, in der zweiten Reihe. Ein Mädchen, das nicht tanzen kann, ist ein seltsames Mädchen. Ein Mädchen, das kein Gold mag, erst recht.

»Was bist du denn für eine?«, hatte der Mann hinter der Glastheke des schmalen Geschäftes gefragt. Mama, du und ich waren in die Stadt gefahren, mir war viel zu heiß und im Auto war mir übel geworden. Immer, wenn wir in den Ferien die Großeltern besuchten, ließ Mama ihre alten Armreifen und ein Paar Ohrringe, die ihr nicht mehr gefielen, abwiegen, den Wert bestimmen und suchte sich dafür etwas Neues aus. In der Innenstadt gab es eine Straße, an der sich ein Goldschmuckgeschäft an das nächste reihte.

»Dass ein Mädchen keinen Schmuck will, habe ich noch nicht erlebt«, sagte der Mann. Sein Schaufenster war über und über behängt mit Ketten, Colliers, Armbändern, Gürteln und Medaillons, hinter all dem Goldorange war er kaum zu sehen. Mich interessierte das Gold nicht. Mich interessierte das Moped meines Onkels Mehmet, dem jüngsten Bruder meiner Mutter. Nicht das Moped selbst, sondern die Fahrten, die wir damit machten: zum Lunapark, auf den Großmarkt zu Opa, an den Fluss und in die Konditorei. Onkel Mehmet ließ mich lenken, er ließ mich an seiner Zigarette ziehen, einen Zug bloß, an dem ich fast erstickte, er nahm mich mit zu seinen Freunden, er kaufte mir ein T-Shirt mit Minnie Maus darauf. Mir war erlaubt, was keinem anderen Mädchen in der Familie erlaubt war. Meine Cousinen fuhren nicht zum Spaß die Einkaufsstraße rauf und wieder runter bis zur Atatürk-Statue. Sie bekamen keine Cola auf dem Großmarkt geschenkt und auch kein Minnie-Maus-T-Shirt. Ich war ein ganz besonderes Kind.

»Du bist kein Kind«, sagte Mehmet. »Du bist ein Mädchen. Jungen sind Kinder. Mädchen sind Mädchen.« Meine Liebe zu ihm kühlte ein wenig ab, was im Nachhinein nicht so schlimm war, ich hätte ihn sowieso nicht heiraten können.

Ich war Kind, ein Mädchenkind, anders als die Mädchen in der Verwandtschaft und anders als die im Akazienweg. Anders als Anja aus dem ersten Stock, die Akkordeon im Musikverein spielte und zum Kunstturnen ging. Ein paar Wochen schickte mich Mama dienstags mit ihr zum Turnen. Das Dehnen und Springen machten mir keinen Spaß, außerdem gab es die schwarzen Anzüge mit den

Flammen auf der Brust nur für die, die zu den Wettkämpfen mitfuhren.

Meray und Sonja waren auf ihre Art anders. Meray durfte nicht mit auf Klassenreise, geschweige denn mit zum Schüleraustausch nach Frankreich. Sonja sagte zu Tante Vildan, ihre Klasse besuche am Mittwoch die Staatsgalerie und sie kämen erst am frühen Abend zurück. Heimlich fälschte sie Tante Vildans Unterschrift und machte sich mit ihrem Freund einen schönen Tag in Stuttgart. Mama wusste davon und schwieg. Sie wollte keine Mutter sein, die ihrer Tochter den Freund verbietet. Und tat es nicht.

»Ich habe dich gestern an der Bushaltestelle mit einem Jungen gesehen«, sagte Tante Vildan und zwinkerte mir zu.

»Wer ist denn der junge Mann?«, fragte Tante Gülseren. »Ein Deutscher?«

Ich hatte sie ebenfalls gesehen, als Steffen und ich in den Bus stiegen und war einfach weiter durchgegangen.

»Gülseren, trinkst du noch eine Tasse?«, fragte Mama und schenkte Kaffee nach, bevor Tante Gülseren geantwortet hatte.

»Worüber die Leute sich das Maul zerreißen«, sagte sie einmal zu dir, als wieder jemand berichtet hatte, man hätte mich vor dem Postamt mit einem Jungen gesehen, in der Eisdiele, im Supermarkt.

Mama wusste, dass Steffen mein Freund war, ob du es wusstest, wusste ich nicht. Das geht niemanden etwas an, sagte Mama. Die Tanten sahen das anders. Was eines von uns Mädchen tat, ging sie sehr wohl was an. Ihnen sagten wir, Steffen sei ein Junge aus meiner Schule, was stimmte.

»Die beiden haben zusammen Spanisch in der Schule«, sagte Mama.

Du sagtest nichts. Dass dir die Sache mit Steffen nicht gefiel, merkte ich auch so. So unangenehm dein stummer Protest war, wenn du mich an den Wochenenden zu ihm fuhrst, war ich froh über unser Schweigen im Auto.

Damit sich niemand das Maul über mich zerreißen musste, vermied ich es auf der Straße, Steffens Hand zu halten, ihn zu umarmen. Niemals hätte ich ihn auf der Straße geküsst. Bei uns zuhause hielten wir Abstand, nie blieb er über Nacht, und wenn ich nach der Schule bei ihm war, lag ich spätestens um Mitternacht wieder in meinem eigenen Bett.

»Warum denn?«, fragte Steffen, wenn ich sagte, ich müsse gehen.

»Das verstehst du nicht.«

»Aber deine Eltern wissen doch, dass wir zusammen sind.«

»Ja, meine Mutter.«

»Dein Vater doch auch.«

Der Schein musste gewahrt bleiben. Vor den Tanten und vor dir.

7

Um den Esstisch stehen Freischwinger aus Stahlrohr mit schwarzen Bezügen. Die Gestelle sind aus eurer ehemaligen Firma. Sie haben Namen, Arosa oder Geneva oder irgendwas. Über zwanzig Jahre habt ihr in derselben Fabrik gearbeitet, Mama hat Bezüge genäht, du hast Sofas, Sessel und Stühle bezogen. Ihr wart stolz auf eure Stühle, auf denen Politiker im Fernsehen interviewt wurden. In Talkshows sah man Prominente in euren Sesseln sitzen. »Das ist *Romeo*«, sagtet ihr und zeigtet auf den Bildschirm oder, »kuck mal, *Luxor*.«

Ich lehne mich zurück, der Stuhl wippt sachte. Er ist schwer und klobig, zu niedrig für den Esstisch. Mama hat Sitzpolster genäht, die wir uns unterlegen. Du betrachtest das begrünte Dach der Nachbarn. Seufzt leise. Noch nie haben wir drei Tage ohne Mama miteinander verbracht.

Vielleicht irre ich mich und unsere Sprachlosigkeit liegt nicht bloß daran, dass ich gewachsen war. Nicht bloß daran, dass mit einem Mal alles *ayıp* war, es ziemte sich nicht, auf dem Sofa herumzuliegen, wenn du hereinkamst, es gehörte sich nicht, im Unterhemd durch die Wohnung zu gehen, es war unanständig, so breitbeinig dazusitzen. Ich musste mich schämen, weil ich in meinem Alter keinen vernünftigen Tee kochen, keine Scheibe Brot gleichmäßig vom Laib abschneiden konnte. Was vorher egal und ganz normal war, war nun peinlich, schuldbeladen.

Außerdem gingen mir die türkischen Wörter aus, immer mehr

deutsche kamen hinzu. Nicht nur als deutsche Varianten von Wörtern, die ich schon kannte. Neue Wörter für neue Dinge: Schullandheim, Referat, Gottesdienst, Praktikum und Monatskarte, Abitur. Verknallt sein und mit jemandem gehen, die Tage kriegen. Meine Sprache brach auseinander, in eine für drinnen und eine für draußen. *Ayıp* gab es auf Deutsch nicht, weder als Wort noch als Konzept.

Mit dir habe ich immer versucht, Türkisch zu sprechen. Höchstens einmal ein deutsches Wort einfließen zu lassen, wenn mir das türkische fehlte. Doch immer beim Türkischen zu bleiben. Mit Mama sprach ich Deutsch, und sie antwortete, wie es ihr behagte, mal auf Türkisch, mal auf Deutsch. Wir wechselten im Satz, im Wort sogar, vom einen zum anderen, schufen neue Worte.

Zum Verdruss von Tante Gülseren. »Wie redet ihr denn? Verhunzt unsere schöne Sprache!«

Bald sprach ich nur noch Deutsch.

Einmal in der Woche besuchtet ihr Abendkurse an der Volkshochschule, Mama bestand darauf, und du gingst murrend mit. Ich konnte erst einschlafen, wenn ihr wieder zurück wart. Also bracht ihr den Kurs nach dem zweiten Lehrbuch ab. Dein Deutsch lerntest du nicht aus Büchern, du lerntest es von euren schwäbischen Nachbarn, euren italienischen, jugoslawischen und griechischen Arbeitskollegen. Irgendwann musst du gedacht haben, jetzt ist genug Deutsch gelernt, so wie ich dachte, wozu Türkisch, wenn ich doch jetzt Englisch lerne in der Schule und Französisch? Türkisch war etwas für zuhause, eine Sprache, die außer für den Hausgebrauch wenig nützlich war. Im Gegenteil, meine Freunde, die fließend Türkisch sprachen, sprachen oft schlecht Deutsch. Und die, die schnell Deutsch lernten, vergaßen ihr Türkisch. »Ihr müsst

Deutsch lernen«, hieß es stets in der Schule. Was Meray, Sonja und mich zu der Auffassung verleitete, man könne nicht zwei Sprachen gut beherrschen. Wir sprachen Deutsch miteinander, nicht nur dann, wenn Darija dabei war. Es sei denn, Tante Gülseren war in der Nähe. Sie verbot Meray, mit uns Deutsch zu sprechen und schimpfte mit Mama. »Deine Ipek kann bald keinen geraden Satz sprechen. Pass auf, dass sie nicht dumm davon wird.«

Mama interessierte nicht, was Tante Gülseren sagte. Und in der Schule behauptete ich, ich verstünde überhaupt kein Türkisch, das machte sich besser.

Hier wird Deutsch gesprochen.

Wir sind hier in Deutschland.

Verstehst du kein Deutsch?

Das ist doch ein ganz normaler deutscher Satz.

Lern du erst mal richtig Deutsch.

Das Deutsch, das ich lernte, war Schwäbisch. Man spricht es mit schwerer, träger Zunge, hinten im Mund. Ich mag den vertrauten Klang, und ich mag Wörter wie Bäbb und Klomb. Auch wenn ich mir den Dialekt weitgehend abtrainiert habe. An der Uni galt er als unfein, wir lachten über die, deren Englisch nicht nur deutsch eingefärbt, sondern ganz deutlich schwäbisch klang.

Einwandfrei ist eines der Wörter, bei denen ich mich daran erinnere, bei welcher Gelegenheit ich sie zum ersten Mal gehört habe, daran, wer sie zu mir gesagt hat. Daran, wie ich das neue Wort ausprobiert und wie ein Bonbon im Mund mit der Zunge umhergeschoben, entschlüsselt und gelernt habe. Zunge, Zähne, Lippen, Atem – daraus wird ein Wort gemacht.

Deutsch lernte ich nicht aus Büchern, ich lernte es durch Hinhören, imitieren, merken. Ohne es zu bemerken, hat die Sprache mich durchdrungen, ist aber nicht auf der anderen Seite wieder herausgekommen. Sie ist in mir steckengeblieben und hat mir den Hals verstopft. Das träume ich manchmal.

Michael, Frau Seiferts Sohn, half mir bei den Hausaufgaben und manchmal saß ich unten bei ihm und malte, während er winzige Plastikteile zu einem ferngesteuerten Boot zusammenklebte. Machte ich etwas gut, sagte er: »Einwandfrei.« Auch an jenem Nachmittag lobte er mich. Ich hatte ihm ein Pferd gemalt. Mit meinem Wachsmalstift schrieb ich, wie eine Lehrerin, »einmalfrei« hinten auf mein Bild. »Für Michael.«

»Nein, einwandfrei heißt das.«

Viel später erst, an der Uni, lernte ich Ayda kennen, meine Türkischdozentin aus Istanbul, die mühelos von Türkisch zu Englisch, zu Französisch, ins Deutsche wechselte. Ich lernte von ihr ein tadellos gesprochenes Türkisch, artikuliert und intoniert, die Zunge, die Lippen, alles hat zu tun. Türkisch wurde plötzlich zu einer Sprache, die man lernen konnte. Zu der es Wörterbücher und Grammatiken gab, Konjugationstabellen, Vokalharmonien. Die Agglutination. Zuhause, mit dir, sprach ich mein neues Türkisch nicht, es war mir peinlich, dir in deiner eigenen Sprache fremd zu sein. Wir sprechen Dialekt, der immer dann besonders lebendig wird, wenn du mit Verwandten aus dem Dorf am Telefon bist. Ich verstehe ihn, spreche den Dialekt aber nicht so wie du. Überall fehlen mir die Worte, in deiner Sprache, in meiner Sprache und mit dir sowieso.

8

Dein Hals kommt mir seltsam nackt vor, schmaler als sonst. Das mag an deinem T-Shirt liegen, dem lockeren Halsausschnitt, den breiten blauen und braunen Streifen, hell und dunkel, hell und dunkel, dunkel und hell. Ich kenne dich fast nur mit Hemdkragen. Auf alten Fotos sieht man dich immer nur in Hemden. Der oberste Knopf offen, vielleicht noch ein zweiter, doch nie steht das Hemd so weit auf, dass man dein Unterhemd sieht oder, schlimmer noch, die Brusthaare. Darüber machten wir uns lustig, die Brusthaare von Onkel Orhan, lang und glatt, man konnte sie mit der Hand waagrecht aufstellen.

Auf unserem ersten gemeinsamen Foto sitzt du auf einem Stuhl, im hellen Hemd, und ich, das Baby, liege in deinem Arm. Dein rechter Arm hängt hinter der Rückenlehne, man sieht ihn kaum. »Als müsse er jemanden dahinter festhalten«, hatte Mama gesagt.

Beim Hemdenkauf war ich stets mit dabei. »Ein Kind geht dorthin, wohin seine Eltern gehen«, sagte Mama. Mit zu allen Spaziergängen, zu Verwandtenbesuchen, zum Einkaufen und zum Augenarzt. Die Hemden probiertest du nicht an, wir kauften sie im Kaufhaus als Rechteck in Knisterfolie. Passte der Kragen, Weite 40, passte auch alles andere. Mama suchte aus, wir zwei standen dabei. Zuhause zog sie die Nadeln aus dem Stoff, mit denen das Hemd in Form gehalten wurde, nahm die Halskrause aus Pappe heraus und den rechteckigen Karton. Die Nadeln steckte sie ins Nadelkissen, die Pappe bekam ich zum Malen. Später gehörte das Hemdenbügeln zu meinen Aufgaben. Wenn ich mit den Hausaufgaben fertig war, baute ich das Bügelbrett vor dem Fernseher auf, es lief *Das Haus am Eaton Place*, danach *Unsere kleine Farm* und später, als ihr schon von der Arbeit zurück wart, *Drei Damen vom Grill.*

»Nicht über die Knöpfe bügeln, das gibt Falten«, sagte Mama, und besah sich die Hemden. »Vorsichtig, schau, so, mit der Spitze zwischen die Knöpfe, und vergiss die Brusttasche nicht. Die Brustpartie ist das Wichtigste am Hemd. Da schaut jeder zuerst drauf.«

»Ist dein T-Shirt neu?«

Du siehst an dir herunter, als hättest du die Streifen noch gar nicht bemerkt.

»Hat deine Mutter gekauft.«

Du sagst nicht Aysun oder Mama oder Mutter. »Deine Mutter«, als hättest du mit ihr nichts zu tun. Mama kauft noch immer für dich ein.

»Gefällt es dir nicht?«

»Doch. Ist schön.«

In mir galoppiert es, mein Herz macht Tempo, und von außen schaut alles so seelenruhig aus, beinahe schläfrig. Gut möglich, dass ich am Donnerstag nach Hause fahre und wir haben drei Tage lang kaum mehr als »Ja«, »Nein« und »Vielleicht« gesagt. Leise klopfen deine Knöchel auf den Tisch. Das wird schon. Vielleicht willst du es genauso haben, vielleicht stört dich das alles nicht. Vielleicht hältst du das für ganz normal bei uns, gehst runter in die Werkstatt, schaltest das Radio an und suchst nach den richtigen Nägeln.

Du siehst auf die Uhr an der Wand. Ich drehe mich ebenfalls, froh, irgendetwas zu tun zu haben.

»Schon fünf.«

»Kannst ruhig hochgehen, wenn du etwas arbeiten musst«, sagst du und schiebst die leeren Tassen zusammen.

Ich muss nichts arbeiten. Jedenfalls nicht dringend. Aber das Laptop habe ich dabei.

»Es kommt gleich jemand, wegen einem Sofa.«

Da wird jemand Stoffmuster ansehen wollen, etwas vorbeibringen, eine Sitzbank abholen. Ich frage nicht. Du stehst auf, und ich erhebe mich ebenfalls, als wollte ich einen Gast verabschieden.

Oben finde ich in einem Bücherregal ein vergilbtes Bündel türkischer Märchenhefte, das Papier dick und weich wie Löschpapier. Als kleines Mädchen hatte ich eine Schwäche für Löschpapier, dabei mochte ich weder seine blassen Farben, in denen es jedem neuen Schulheft beilag, noch eignete es sich zum Schreiben. Die Tinte zerfloss, und die Bleistift-Buchstaben versanken in den Fasern. Ich sammelte sie trotzdem in meiner Schreibtischschublade, ganz ohne Zweck. Mama kaufte mir die türkischen Märchen in den Sommerferien, immer einen ganzen Vorrat, das *Schneewittchen*, *König Blaubart*, *Daumesdick* und den glatzköpfigen *Keloğlan*, der von allen unterschätzt, aber gerissener war als jeder andere. Mama las mir zum Einschlafen vor, selbst dann noch, als ich längst lesen konnte. An manchen Abenden lasest du, sogar aus deutschen Büchern. Du betontest da, wo es nichts zu betonen gab, sprachst jeden Buchstaben einzeln, suchtest dich durch die Sätze und ihre Bedeutung. Verstanden haben wir beide nicht viel.

»Ich glaube, ich lese lieber selbst.«

Ich finde auch die Tonbänder. Für die Interviews hatte ich vor Jahren einen Journalistenpreis bekommen, auf den ich so stolz war, dass ich dachte, dieser Überschwang würde mich mitsamt meinem Aufnahmegerät direkt zu dir aufs Wohnzimmersofa spülen. Nach so vielen Gesprächen, glaubte ich, würde ich auch mit dir sprechen können, von Angesicht zu Angesicht, wie zwei, die unbeschwert miteinander sprechen und frei miteinander schweigen konnten. Selbstverständlich machte ich mir etwas vor, das wusste ich und glaubte dennoch daran.

Auf den Bändern sind Gespräche zwischen mir und Männern aus einem Ladenlokal der Kreuzberger Arbeiterwohlfahrt zu hören. Woche für Woche fuhr ich mit einem Aufnahmegerät zu ihrem Montagstreffen. Es gab Kaffee und Nussschnecken vom Bäcker gegenüber und ich fragte sie, in welchem Land sie einmal beerdigt werden wollten, in Deutschland oder in der Türkei. Das darf man, wenn man vom Radio oder von der Zeitung ist. Man kündigt sich an, sagt, worüber man gerne sprechen würde, und dann findet sich immer jemand, der einem bereitwillig erzählt, wo einmal sein Grab sein soll. Die Männer sprachen, das Band lief, und ich machte mir Notizen. Aus dem einen Radiobeitrag über das Sterben wurde eine Reihe, stets hatte ich meine Zettel mit den Fragen dabei, die brauchte ich bald nicht mehr. Die Männer erinnerten sich, wie sie am Münchener oder am Frankfurter Hauptbahnhof ankamen, an ihr Wohnheim, ihre Arbeit in der Fabrik oder auf der Baustelle, ihre Frauen, die Kinder, auch an ihren Rücken, ihre Lungen, ihr Haus in der Türkei, an die Enkel und erzählten von deutschen Friedhöfen, auf denen die wenigsten von ihnen einmal liegen wollten, weil die Erde hier so kalt sei.

Hättest du mit am Tisch gesessen, hätte ich dich ohne Vorbehalte gefragt, du wärst einer von ihnen gewesen und nicht ein Teil von mir. Ich hätte dich alles fragen können. Manchmal stelle ich mir vor, du wärst nicht mein Vater. Schon der, der du bist, aber eben nicht mein Vater, ein Fremder. Mit Fremden zu sprechen, fällt mir nicht ganz so schwer, ständig spreche ich mit Menschen, die ich zum ersten Mal treffe, frage sie Dinge, die ich dich nie zu fragen wagte. Manchmal stelle ich mir dich als richtig Fremden vor. Ich muss es mir nur vornehmen, schon kann ich alles, was ich für dich empfinde, abstellen wie ein Radio, das man leiser und leiser und schließlich, über einen kleinen knackenden Widerstand hinweg, ausdreht. Dann sehe ich dich vor meinem inneren Auge beim Zwiebelschälen oder Rasieren, betrachte dich und denke, wir haben nichts miteinander zu tun. Du ahnst nicht, dass ich dich verlassen habe, merkst nicht, dass du allein bist, ohne meinen Schutz. Das ertrage ich nicht lange, es tut mir weh, dich so von mir abzuscheiden. Stumm nehme ich dich wieder an.

Die Freude über den Preis hatte sich damals schnell verflüchtigt und damit der Überschwang. Ich war mit meinem Aufnahmegerät in Berlin geblieben, aber ich hatte euch von dem Preis erzählt. Zu der Zeit war die Reihe längst gelaufen, ich hatte eine Technikerin beim Radio gebeten, mir die Interviews auf Kassetten zu überspielen, und sie euch mit der Post geschickt. Mama hatte von den Interviews geschwärmt und ihren Freunden und allen Nachbarn davon erzählt. Ich hatte ihr die Begeisterung abgenommen, wollte aber wissen, wie du sie fandest.

»Doch. Ist gut geworden.«

Mehr hattest du nicht gesagt, und ich nicht gefragt, ob du beim Zuhören an deine eigene Reise nach Deutschland, an dein Wohnheim, an deine Frau, dein Kind, dein Grab hattest denken müssen.

»Sie gefallen ihm wirklich, Ipek«, sagte Mama. »Er hat sich alles in Ruhe angehört. Die Anfangsjahre waren für niemanden von uns leicht.«

Sie spricht oft für dich, sie füllt mit ihrer Stimme den Raum, aus dem du dich zurückziehst. Kommt dir das gelegen? Mir ja, mit ihr spreche ich wie von selbst, gedankenlos. Drum frage ich sie, wenn ich dich fragen will, sie spricht für dich, und sie spricht über dich, als wärst du erst sieben, schüchtern, scheu und unbeholfen. In der Schüchternheit, da treffen wir uns, du und ich, sie ist unser gemeinsamer Ort. In unserer Unbeholfenheit sind wir uns nah, hier kennen wir uns aus, und vielleicht fühlen wir uns hier wohl, in der Stille.

Ich fühle mich selbst so, als wäre ich sieben. Nicht nur in diesem Moment mit den Märchen auf dem Schoß, immer, wenn ich hier bin. Für mich sind wir aus dem Dreieck Mutter, Vater, Kind nie herausgekommen, sind, wenn wir beisammen sind, nicht drei Erwachsene an einem Tisch. Wenn wir uns sehen, ganz egal, ob Mama dabei ist oder nicht, stellt sich das einzige Gefühl ein, das es für mich zwischen Eltern und Kindern gibt: Ihr seid groß und ich bin klein. Du bist der Papa und ich das Kind. Verlegen tapse ich um dich herum und warte auf den richtigen Moment, darauf, dass wir einmal miteinander sprechen wie zwei Erwachsene. Wovor fürchte ich mich? Vor Fernsehverbot?

9

Auf der Treppe höre ich, wie du Klammern ins Holz tackerst. Ich kenne dieses Knallen, kenne den stechenden Geruch des rosafarbenen Leims, ich weiß, wie das Leder riecht und wie kalt es sich anfühlt.

Wenn ich schnell hinuntergehe, bleibt mir keine Zeit zum Nachdenken. Ich kann mich austricksen, so tun, als wären wir schon miteinander warmgeworden, als würden wir schon miteinander sprechen, als wäre der Anfang schon gemacht. So tun, als wärst du ein Vater, zu dem ich mich einfach in die Werkstatt setzen könnte, einer, der erzählt, was er gerade im Radio gehört hat, der mich nach meiner Arbeit fragt und nach den Kollegen, der sagt, dass er richtig schönes Leder bekommen hat, fass mal an, fühlt sich gut an, oder? Ein Vater, der fragt, was wir heute Abend essen wollen, worauf ich Appetit habe. Ein Vater, der mir erzählt, was er geträumt hat oder etwas von früher. Je länger ich mir dich anders denke, desto fremder wirst du mir. Ein Fremder in deinem Körper, in deiner Werkstatt, so als würdest du mir in einem Angsttraum begegnen. Ich drehe mich in meinem Traum zu dir, du lächelst und siehst aus wie du, und dennoch wüsste ich sofort, dass du nicht du wärst. Ich kann mir dich nicht als sprechenden, plaudernden Vater denken.

Unten in deiner Werkstatt gibt es kein freies Plätzchen, überall Stoffballen, Schaumstoff, Werkzeugschränke, dein Tisch und der Kompressor. Du siehst kurz zu mir auf, dann tackerst du weiter. Ziehst einen grob gewebten Blumenstoff über einem Sitzpolster straff, tackerst, straffst den Stoff, tackerst. Ich schiebe einen Ballen Stoff zur Seite und setze mich auf den langen Tisch an der Wand.

»Da ist es klebrig.«

Ich fasse mir an den Hintern, fahre über die Arbeitsplatte und spüre den festgetrockneten Kleber auf dem Holz.

»Ne, ist gut. Für wen ist das?«

»Doktor Funke. Vier Esszimmerstühle. Holt er heute Abend ab.«

Doktor Funke ist unser Hausarzt. Seit wir hierher gezogen sind, geht ihr zu Doktor Funke. Regelmäßig bringt er Stühle, Sessel oder gepolsterte Bänke zum Beziehen, seine Katzen zerfetzen jeden Stoff. Wie oft hast du Funkes Sessel mit den geschwungenen Beinen schon bezogen, das zerkratzte Holz ausgebessert? Und dich nie darüber beschwert. Beim letzten Mal hatte ihm Mama den roten Samt ausgeredet und ihm zu dickem Rindsleder geraten, selbst das haben die Katzen inzwischen mit ihren Krallen ordentlich zugerichtet. Jetzt steht der Sessel wieder da.

»Oh, die Tochter ist zu Besuch«, wird Funke später sagen oder: »Ei, ist die Tochter da?« Er wird mich nach der großen Stadt und nach der Gesundheit fragen, und ich werde ihm artig antworten.

»Arbeitet er noch?«, frage ich.

»Ja.«

Wieder schlägt der Tacker die Klammern ins Holz.

Wäre Mama jetzt hier, würde sie sich über Funkes Katzen auslassen: Sie seien verhaltensgestört und Doktor Funke auch, denn welcher normale Mensch, noch dazu ein Arzt, hält sich fünf Katzen im Haus, wo sie doch überall hinpissen und die Möbel zerkratzen?

»Du müsstest mal seine Türrahmen sehen. Und dabei hat er extra noch so ein Gestell, auf das die Katzen hochklettern können, ein Riesending im Wohnzimmer, voller Katzenhaare. Und die Haare schleppt er mit seinem Sessel zu uns ins Haus. Ekelhaft. Eigentlich sollte ich ihn wegschicken. Kuck dir den Sessel an, die Beine. Oder ich sag ihm, er soll die Katzen weggeben. Wirklich, ich sag ihm das, wenn er zum Abholen kommt. ›Herr Doktor Funke‹, sag ich, ›wissen Sie, wie lange mein Mann braucht, um Ihren Sessel zu beziehen? Ist doch schade um die Arbeitszeit und den schönen Stoff, um das Leder. Geben Sie die Katzen weg. Eigentlich sollten wir gar nicht mehr zu ihm. Wir sollten zu einem anderen Arzt gehen. Wobei, die Praxis ist blitzblank. Muss ja auch, so eine Praxis muss sauber sein, da gibt es Hygieneregeln, an die muss er sich halten, ist schließlich eine Arztpraxis. Er behandelt auch Allergiker, die würden ja schon an der Tür Atemnot kriegen. Vildan hat gesagt, jeden Morgen kommen zwei Frauen zum Putzen. Zwei von uns, wer sonst? Vildan kennt die Arzthelferin, so eine kleine mit Brille, das ist die Tochter von Bahar. Wie heißt die denn noch? Kennst du Tante Bahar? Ihr Mann hat doch bei einem Arbeitsunfall seinen Unterarm verloren, der mit der Prothese, weißt du, wen ich meine? Sie war erst in der Stadt, bei Doktor Köhler, jetzt ist sie bei Doktor Funke. Wenn die Tochter von Bahar morgens anfängt, sind die Frauen schon fertig mit dem Putzen. Die eine kenne ich, die hat so einen kleinen, gedrungenen Mann, der nie mit ihr mithalten kann, beim Einkaufen sehe ich die beiden manchmal, sie mit dem Einkaufswagen vorneweg und er tapselt hinterher. Sie, immer am Rennen, immer in Eile. Die Arme, was soll sie machen? Der kann wahrscheinlich nix, da geht sie halt putzen. Wir Frauen, wir halten die Welt am Laufen. Ist doch so?«

Du und ich kommen nicht zu Wort. Wir verstehen nicht, ob es gerade um Vildan, um Bahar oder die beiden Putzfrauen geht.

Wir treiben in Mamas Sätzen dahin wie in einem breiten Fluss, schwimmen manchmal ein paar Züge gegen den Strom und kommen kaum vom Fleck. Im Wasser sind wir beieinander, im selben Strom, im selben Tempo, wir stimmen Mama stumm zu und widersprechen ihr ohne Worte, tauchen unter, sind uns nah und lassen uns von ihrer Stimme tragen.

10

»Was sollen wir denn essen, heute Abend?«

Ich wünschte, ich könnte etwas anderes als bloßes Fragenstellen, zumindest anders als so, wie ich es gelernt habe: Offene Fragen, geschlossene Fragen, Suggestivfragen. Nachhaken und den Sack zumachen.

»Sollen wir grillen?«

»Musst erst etwas auftauen.«

Zu Essen ist genug für Monate in der Kühltruhe, abgepackt in Gefrierbeutel und beschriftet. Koteletts, Beeren, Kuchen, Lahmacun, Eis, Fisch, Pfirsiche, Bohneneintopf, Gemüsebrühe, Lauch, Grießkuchen. Ich nehme die Koteletts heraus und zögere beim Hackfleisch.

»Machen wir auch Köfte?«

»Wenn du willst.«

Wenn ich will.

Dann stehen wir doch beisammen, oben in der Küche. Du hackst Zwiebeln und Petersilie für die Köfte, ich forme kleine Fladen für unser Brot. Mit dem guten Messer wechseln wir uns ab, ich reiche dir die Flasche Öl, ein Blech, du gibst mir ein sauberes Küchentuch, unter dem die Teigfladen gehen können.

Ich kann nicht so tun, als wäre ich Mama. Von Claudia und Mark erzählen, die ein Paar sind und es in der Redaktion geheim halten, weil sich Mark und die Chefredakteurin nicht ausstehen können und Claudia es sich mit ihr nicht verscherzen will. Vielleicht würde dich das interessieren, ein bisschen Klatsch aus der

Redaktion. Du kennst Mark und Claudia nicht, aber wir kennen die Leute, von denen Mama immer spricht, meistens auch nicht. Ich könnte meinen Mut zusammennehmen und sagen, was machen wir hier eigentlich? Stehen hier und halten uns an unseren Schneidebrettchen fest.

Vor dem Haus kommt ein silberner Kastenwagen zum Stehen.

Du legst das Messer zur Seite und reibst deine Hände am Küchentuch ab.

»Doktor Funke *geldi.*«

»Ich dachte, der kommt erst heute Abend.«

Funke ist schon ausgestiegen, winkt über die Sträucher, und statt die paar Stufen hochzukommen und an der Haustür zu klingeln, schiebt er sich zwischen den Blumenkübeln und Nachtkerzen durch und steht auf der Terrasse. Wir können ihn aus der Küche sehen.

»Ausgerechnet. Wo wir so schön in unser Gespräch vertieft waren.«

Du schmunzelst, so versteckt, dass man es kaum erkennen kann.

Du gehst durchs Wohnzimmer, öffnest die Terrassentür. Ich folge dir.

»Ah, die Tochter ist da! Das ist ja schön, dass ich sie einmal wiedersehe.«

Er kommt auf mich zu, umfasst mit beiden Händen meine Rechte. »Besuchen Sie Ihren Vater? Jetzt, wo er Strohwitwer ist.«

Strohwitwer, wie lange habe ich das Wort nicht mehr gehört? Du lächelst. Weißt du, was ein Strohwitwer ist?

»Kommen Sie rein.«

»Nein, nein. Ich will nur schnell meine Stühle holen.«

Du ziehst ihm einen Gartenstuhl heran.

»Bitte, keine Umstände.« Funke setzt sich und strahlt uns beide an, er sieht sich im Garten um. Wir beide stehen beieinander wie zwei Kinder, die von den Gästen der Eltern überrascht worden sind. Beruhige dich, sag ich mir, Schultern runter, Luft raus.

»Und hier wird gleich noch gegrillt!«

»Ja.«

Ich nicke zu deinem Ja. Es wird mir doch um Himmels willen etwas einfallen.

»Wir machen Platz im Tiefkühlschrank«, sage ich. »Es gibt türkische Köfte, Fleischküchle.«

Du siehst mich an, deutest mit der Hand ins Haus. Ich hole Teller und Besteck für uns alle, Servietten, Gläser.

»Trinken Sie ein Bier?«

»Unten, unter der Treppe«, rufst du mir zu. Ich weiß doch, wo das Bier steht.

Vorm Spiegel am Ende der Treppe erinnere ich mich daran, dass Funke der erste Mann war, der meine Brüste gesehen hat. In seiner Praxis musste ich mein T-Shirt hochziehen, damit er mich abhören konnte.

»Da ist nichts dabei«, hatte Mama gesagt, die mit im Zimmer saß und mein Zögern bemerkte. »Der Doktor Funke sieht den ganzen Tag Brüste, große und kleine und die von den Omas auch.« Und Funke hatte sich routiniert die Enden seines Stethoskops in die Ohren gesteckt und unbeteiligt gesagt: »Bitte einatmen.« Das ist jetzt dreißig Jahre her.

Du und ich, wir beide waren immer sehr verschämt miteinander. Ich habe dich bis heute nicht nackt gesehen. Dabei haben wir häufig zusammen gebadet, als ich klein war. Wir trugen beide unsere

Unterhosen und später, als ich größer wurde und allein badete, fand ich es befremdlich, ohne Unterhose in der Badewanne zu sitzen. Hatte Mama entschieden, dass es allmählich *ayıp* würde, wenn wir weiter zusammen badeten? Oder du?

Ohne Hemd habe ich dich hundertmal gesehen, ja, auch ohne Hose, dir zugeschaut beim Anziehen, wie du das Hemd ringsherum in die Hose geschoben hast, Reißverschluss, Knopf und Gürtel zu. Und in der Tasche hinten das flache Portemonnaie und einen kleinen Kamm. Am Strand habe ich dich in Badehosen gesehen, nie aber gänzlich nackt.

Mama schon. Sie scherte sich nicht darum, ob etwas *ayıp* war oder nicht. »Was glotzt ihr so?«, sagte sie und schob das Bikinioberteil in die Badetasche. Sie glaubte nicht an die Hölle, mit der Großmutter mich immerzu ängstigte und in die ich jetzt, wo sich meine Brüste unter dem T-Shirt abzeichneten, auch kommen würde. »Von nun an zählen deine Sünden«, sagte Großmutter und deutete mit ihren Knochenfingern auf meinen Busen. Mamas Bikini erwähnten wir nicht.

»Frag mal Oma, ob das stimmt mit dem Pferd«, flüsterte ich.

»Frag sie doch selber. Oder ist dir der Mund zusammengewachsen?«, sagte Mama. Sie war sauer, weil Großmutter behauptete, Ferien am Meer seien ihre Idee, wie auch die Idee, nach Deutschland zu gehen, ihre gewesen sei. Wegen Mama bekäme sie ihren Sohn nie zu Gesicht.

»Ans Meer!«

»Dein Sohn will noch viel mehr ans Meer als ich.«

»Mir hat er etwas anderes gesagt«, sagte Großmutter.

»Als ob der je etwas sagen würde.«

Beim Wäscheaufhängen auf dem Dach, wohin sich außer uns bei der Mittagshitze niemand verirrte, sagte Mama, dass Großmutter Unsinn rede.

»Der war doch schon in Deutschland, als wir geheiratet haben. Er wollte bloß nicht bleiben, warum auch? Wer bleibt freiwillig in diesem elenden Dorf? Wir haben geheiratet und vier Monate später sind wir nach Deutschland geflogen. Da war ich schon schwanger mit dir, aber das wusste ich damals noch nicht.«

Von dort oben aus konnte ich dich und Großmutter im schattigen Innenhof sitzen sehen. Niemand sprach, und ich nahm Großmutter nicht ab, dass sie sich nach dir gesehnt hatte. Diese schweigende Alte war dir gewiss so fremd wie mir.

Einmal hatte sie sich zu mir umgedreht, ich stand an dem Holzpfosten, der das Dach aus Weinblättern und Trauben stützte. Sie sagte nichts, aber sah mich an, als wolle sie sagen: »Was ist? *Dilini mi yuttun*? Hast du deine Zunge verschluckt?«

Ich senkte den Kopf und ging davon. Meine Zunge verschluckte ich oft und mit der Zunge meine Sprache. *Dil* heißt auf Türkisch Zunge, wie auch die Sprache *dil* heißt.

Wenn ich eure Freunde begrüßen, mich erkundigen sollte, wie es ihnen ging. Wenn ich antworten sollte, wie es mir ging.

Wenn ich neuen Menschen meinen Namen sagen sollte oder gefragt wurde, wie alt ich war und was ich später einmal werden wollte. Wenn ich jemanden anrufen sollte. In eine Türsprechanlage sprechen, im Restaurant um Ketchup bitten sollte.

Noch heute, beim Friseur. »Sie sagen Bescheid, wenn das Wasser zu kalt ist, ja?« Ich sage nichts und auch nichts, wenn mir der Föhn zu heiß wird.

Natürlich habe ich Großmutter nicht nach dem Gaul gefragt.

11

Schon im Flur höre ich dich und Funke lachen.

»Wenn sie ein paar Tage ohne ihre Männer sind, geht es ihnen gleich besser. Passen Sie auf, dass Sie Ihnen nicht davonläuft.«

»Ich wär froh«, sagst du.

Überrascht über so viel Männergeselligkeit, bleibe ich einen Moment in der Terrassentür stehen, stelle dann die Flasche und den Öffner auf den Tisch. Lieber ein Glas? Ich gehe noch einmal in die Küche. Vielleicht trinkt er nur sein Bier und geht. Auf der Ablage stehen zwei Schüsseln umgedreht zum Trocknen, ich räume sie in den Schrank, auch den Topf, gieße die Blumen am Fenster. Hänge die Küchentücher ordentlich auf. Ich horche, ihr habt aufgehört zu lachen. Wahrscheinlich stehst du am Grill, stocherst in der Kohle, wartest darauf, dass ich dir die Köfte bringe.

»Oh je«, ruft Funke und springt auf, nimmt mir die Platte ab.

»Nicht, dass Ihnen das Handgelenk abbricht. Wobei, Ihr Vater hätte es Ihnen gleich geleimt.«

»Gedübelt, das hält besser.«

»Der Fachmann sind Sie.«

»Sollen wir das Brot auch schon auf den Rost legen?«

Du antwortest nicht, nickst, legst die Grillzange zur Seite und gehst ins Haus. Rot liegt das Hackfleisch auf dem Rost.

Ich setze mich zu Funke.

»Wie geht es Ihnen in Berlin?«

Kaum bist du weg, verfliegt meine Befangenheit. Ich bin wieder ich, nicht das Kind, sondern die Frau. »Gut geht es mir. Und Ihnen?«

»Gut, danke, gut. Es freut mich, Sie zu sehen. Wie alt waren Sie, als Sie das erste Mal zu mir kamen. Fünf?«

Er blickt mich offen an, lächelt wach und herzlich.

»Kann sein. Ich war vier, als wir hergezogen sind.«

»Das habe ich damals schon gemerkt, die hat es faustdick hinter den Ohren. Wirklich. Sie haben kein Wort gesagt, aber ich hab Sie gleich durchschaut. Sie sind beim Radio, hat Ihre Mutter erzählt.«

»Elf Jahre bald.«

»Sind Sie gern dort?«

»Ja.«

Man könnte mehr darauf sagen als Ja.

»Meine Frau und ich waren vor drei Jahren in Berlin, zu einem Geburtstag. Aber ich muss sagen, gefallen hat es mir nicht bei Ihnen.«

»Ich glaube, Berlin gefällt niemandem.«

»Und Sie bleiben trotzdem?«

Ich zucke mit den Schultern.

»Man will immer woanders sein, als da, wo man gerade ist, oder nicht? Ich wollte hier auch nicht bleiben, dann haben wir die Praxis übernommen.«

»Wohin würden Sie denn gern gehen?« W-Fragen, wenigstens die sitzen.

»Ins Warme. Ans Meer, da bin ich ganz konventionell.«

»Nach Italien?«

»Nein, noch weiter.«

»Marokko.«

»Spanien würde schon reichen oder vielleicht doch einmal übers Mittelmeer, auf den Kanaren würde es mir auch gefallen.«

»Da könnten Sie eine Praxis aufmachen.«

»Nee«, sagt er. »Keine Praxis.«

Ich frage nicht weiter, blicke ihn an. Zeit lassen.

»Das sag ich jetzt bloß Ihnen: Ich bin seit über vierzig Jahren Arzt und muss mich trotzdem jeden Morgen zusammennehmen, wenn ich meinen Kittel anziehe.«

Sachte nicke ich mit dem Kopf, sehe ihn freundlich an, aufmerksam. Zuhören, nicht dazwischenreden. Dann kommen die Leute von selbst ins Erzählen.

»Ich kann mit Leuten nicht. Je älter ich werde, desto weniger. Sagen Sie es keinem weiter, sonst kann ich zumachen. Ein Arzt, der Angst vor Menschen hat.«

Wie oft bin ich in den ersten Jahren vor Geschäften auf und ab gegangen, hab mich innerlich angetrieben, mir befohlen, die Tür zu öffnen, jetzt geh rein, geh einfach rein, Guten Tag, ich komme vom Radio und würde Ihnen gerne ein paar Fragen stellen. Wir machen einen Beitrag über die Einkaufsstraße und wie sie sich verändert hat, seit das Parken teurer geworden ist, das alte Kaufhaus umgebaut, das Postamt abgerissen wurde.

Alles in mir sträubte sich, gerade am Anfang, als ich überall hingeschickt wurde, fahr mal raus und frag die Anwohner, geh mal raus und rede mit den Geschäftsleuten, sprich mit den Touristen, bring O-Töne mit und Atmosphäre, stell dich einfach vor das Brandenburger Tor, fahr in den Laden, geh in die Fußgängerzone, das Mikro wie zu meinem Schutz vor der Brust. Der Gedanke, jetzt gleich irgendwo klingeln, irgendwo hineingehen zu müssen, irgendwo hineinplatzen, wo niemand mit mir rechnet, jemanden ansprechen, brachte mich um. Besser ging es, wenn ich mich vorher ankündigen konnte. Doch sogar das Anrufen fiel mir schwer, war besetzt, war ich erleichtert, ging das Band an, legte ich auf. Und musste mich später von neuem aufraffen. Jetzt bin ich so routiniert und muss mich dennoch jedes Mal, bevor ich den Telefonhörer in die Hand nehme, innerlich wappnen.

»Die Köfte!«

Ich habe dich gar nicht kommen sehen. Du eilst zum Grill, murmelst irgendwas, das Fleisch klebt auf dem Rost fest. Sofort bin ich bei dir.

»Soll ich mal?«

Ich sehe dir zu, wie du vorsichtig die Köfte ablöst, verbrannt sind sie nicht, aber auf der Feuerseite haben sie schwarze Streifen.

»Sieht doch gut aus«, sage ich. »Oder?«

Du legst den Brotteig auf den Rost, reichst mir die Platte mit dem Gegrillten. »Die Verkohlten esse ich.«

»Ich will Ihnen jetzt aber nichts wegessen«, sagt Funke, auf seinem Teller liegen gegrillte Paprika, Tomaten und ein Stück Brot, du suchst nach ein paar helleren Köfte. Ich schiebe ihm die Salatschüssel zu.

»Keine Sorge, es ist genug da.«

Am Gartentisch sitzen wir nebeneinander, Funke gegenüber, als wären wir in der Sprechstunde.

»Ihnen einen guten Appetit, das sieht wunderbar aus«, sagt Funke, du schenkst allen Wasser ein.

»Guten Appetit. Nehmen Sie auch Salat.« Du hebst die Schüssel an, damit er sich etwas nimmt, setzt sie wieder ab. Wartest. Man beginnt nicht vor dem Gast.

»Ich wollte nur meine Stühle holen und jetzt werde ich so wunderbar bewirtet.«

Du nickst und kaust, dein Blick huscht über den gedeckten Tisch.

»Fehlt noch was? Soll ich Joghurt holen?«, frage ich.

»Jetzt bleiben Sie mal sitzen«, sagt Funke.

Ich reiche ihm den Brotkorb, etwas tun ist immer gut, ich nehme mir Salat, falte meine Serviette auseinander, lege sie mir auf den Schoß. Keiner spricht, die Gabeln klirren auf den Tellern.

Wieso frage ich ihn nicht nach seiner Tochter? Er hat doch eine Tochter, ein wenig älter als ich, meine ich. Marlene heißt sie, daran erinnere ich mich. Marlene Funke, einen Yorkshire Terrier hatte sie, mit einer roten Spange zwischen den Ohren. Was hemmt mich so? Du? Deine Anwesenheit? Schäme ich mich, vor deinen Augen unbeschwert mit jemandem zu plaudern, dir vorzuführen, dass ich das kann, ohne dir sagen zu können, warum ich es mit dir nicht kann?

Magalie, meine französische Austauschschülerin, die in der neunten Klasse zwei Wochen bei uns wohnte. Zu viert saßen wir am Tisch, und ich sprach mit Magalie so gut es ging Französisch. Wie ihr mich ansaht, stolz und aufgeregt und ungläubig zugleich. Frag sie mal, ob sie noch mehr Kakao möchte. Sag ihr doch und erzähl ihr doch. Ich fragte und sagte und erzählte und schämte mich, etwas zu können, was ihr nicht konntet, schämte mich für eure Bewunderung. Etwas war verkehrt daran, es stand mir, dem Kind, nicht zu. Steht es mir jetzt zu?

»Doktor Funke würde gerne auswandern«, sage ich. »In die Sonne.«

»Mhm«, sagst du.

Und bevor du auf die Idee kommst, jetzt die Türkei zu erwähnen, und wir dann zum hundertsten Mal über die Türkei reden, auf eine Weise, wie wir immer von der Türkei reden, wenn deutsche Nachbarn oder Kunden da sind, ja, ein gespaltenes Land, die Menschen so herzlich, wirklich schade, aber Erdoğan, so geht's halt auch nicht, ach, der Teufel soll ihn holen – bevor wir da landen, sage ich: »Auf die Kanaren.«

»Schön.«

»Ach wo, ich bin nicht so wie Sie. Zum Auswandern braucht es Mut.«

Das hat Funke schön gesagt, dass es der Mut war, nicht bloß die Not, der dich von zuhause weggeführt hat.

»Wie alt waren Sie, als Sie nach Deutschland kamen?«

»Einundzwanzig.«

Die Geschichte kenne ich und habe sie doch nie in Gänze von dir erzählt bekommen. Von Mama weiß ich ein bisschen was, ein wenig von deiner Mutter, von Mamas Schwestern. Von dir weiß ich: »Ich wollte nicht im Dorf bleiben.«

Den Rest aus Filmen, Büchern, von anderen Gastarbeitereltern. Wenn ich all das zusammentrage, was ich gehört, gelesen, gesehen habe, kommt diese Geschichte dabei heraus: Du bist von zuhause weggelaufen, mit vierzehn, weil du nicht weiter zur Schule gehen durftest, auf den Feldern arbeiten solltest, Pistazienbauer werden und Pistazienbauer bleiben, wie alle anderen auch. Du hast auf der Straße geschlafen und dich mit Zeitungen zugedeckt, sie dir ins Unterhemd geschoben, weil das warmhält. Dich einer Gruppe Jugendlicher angeschlossen, die wohl ebenso weggelaufen waren. Einer von den Älteren verteilte die Arbeit, bei einem Tischler gab es etwas zu tun und auch bei einem Polsterer. Du wärst lieber zum Tischler gegangen, weil du jedoch das kürzere Streichholz gezogen hattest, blieb dir nur der Polsterer. Einer aus der Gruppe hat euch eines Nachts euer Geld gestohlen und sich damit davongemacht. Großvater kam dich suchen und fand dich in der großen Stadt. Er versprach dir, dass du weiter auf die Schule gehen dürftest, wenn du wieder mit nach Hause kämst. Sein Versprechen hat er nicht gehalten. Schließlich, kaum hattest du den Militärdienst hinter dich gebracht, hast du die erstbeste Möglichkeit ergriffen, dem Dorf zu entkommen und bist mit sechs anderen jungen Männern dorthin, wohin sie alle gingen: nach Deutschland. Von dort würde dich Großvater niemals zurückholen können.

Im Bücherschrank, gleich neben der Küchentür, steht Yaşar Kemals *Ince Memed*, Memed, mein Falke. Darin kommt ein Junge aus dem Dorf in die Stadt, zum ersten Mal in seinem Leben. Wie du ist er von zuhause fortgelaufen. Hungrig, ängstlich, aber auch neugierig und voller Willen. Ich habe dir *Ince Memed* geschenkt, doch wie hätte ich dir sagen sollen, dass ich beim Lesen dich gesehen habe? Ich traue mich nicht einmal zu fragen, ob du das Buch gelesen hast.

»Sehen Sie, ich werde bald zweiundsiebzig«, sagt Funke. »Jetzt noch mal ganz neu anfangen?«

»Machen viele«, sage ich.

»Ich weiß, auf den Kanaren wäre ich genau richtig. Aber wahrscheinlich zieht es mich nicht wirklich weg. Höchstens noch zu meiner Frau.«

»Da zieht es uns alle hin.«

Eure Witze, denke ich, bis mir einfällt, dass Funkes Frau nicht mehr lebt.

»Mein Plätzchen neben ihr ist reserviert. Das haben wir erledigt, als sie schon sehr krank war. Hier oben, auf dem alten evangelischen Friedhof.«

»Wenn ich sterbe, komme ich ins Flugzeug und bin am Abend schon beerdigt. Muss schnell gehen bei uns.«

»Was?«

»Vierundzwanzig Stunden«, sagt Funke.

Nach spätestens vierundzwanzig Stunden müssen Muslime beerdigt sein.

»Ich habe mich bei der islamischen Gemeinde registriert. Die kümmern sich um alles.«

»Wie bitte?«

»Das hatte ich auch schon«, sagt Funke. »Da kommt dann jemand von der Gemeinde und holt den Leichnam ab.«

»Manchmal ist der Sarg schon auf dem Weg zum Flughafen, da weiß die Frau noch nicht Bescheid«, sagst du und nimmst dir noch ein Stück Brot.

Funke lacht, ich finde das nicht lustig.

»Wissen die, dass ich in Berlin wohne? Und dass sie mich dann anrufen müssen?«

»Die holen einen nicht einfach ab. Wenn deine Mutter beschließt, dass ich hier auf den Friedhof komme, dann bleibe ich sowieso hier, bei Funkes.«

Wieso besprechen wir so etwas, wenn Funke mit am Tisch sitzt? Mich stört der Ton der beiden, flapsig, verbrüdert. Funke braucht nicht zu wissen, dass ich keine Ahnung davon habe, dass mein Vater eine islamische Bestattung wünscht.

Ich nehme deinen leeren Teller, stelle ihn in meinen, schon reicht mir Funke seinen und sagt: »Wollen wir uns mal die Stühle anschauen?«

Ich gehe nicht mit runter in den Laden.

Am Abend rufen wir Mama an. Das Telefon liegt auf dem Tisch, wir haben es auf laut gestellt.

Sie gehen schwimmen, sie werden massiert, sie machen Pilates, sie holen sich Salat am Buffet, sie tragen weiße Bademäntel und kriegen die Füße gemacht.

»Und was macht ihr? Was esst ihr?«

»Doktor Funkes Stühle sind fertig. Jetzt ist der Sessel dran. Er will Samt.«

»Samt! Wenn du Samt draufmachst, braucht er uns den Sessel beim nächsten Mal nicht wiederzubringen.«

»Ich hab ihm gesagt ...«

»Ich ruf ihn an, wenn ich wieder da bin. Er soll sich jemand anderen suchen. Dass er diesen vergammelten Sessel überhaupt noch beziehen lässt. Samt! Ein studierter Mann und will Samt. Gut, was interessiert es mich? Soll er machen, was er will. Ipek, du, wie lange bleibst du? Haltet ihr es aus miteinander?«

»Wusstest du, dass Papa in der Türkei beerdigt werden möchte?«, frage ich.

»Ach Gott, das wieder. Wie wir ihn da besuchen kommen sollen, ist mir ein Rätsel.«

»Brauchst ja nicht zu kommen«, sagst du.

»Ich komme auch nicht. Tausend Kilometer. Es ist jetzt Schluss mit Müssen. Wenn ich wieder zuhause bin, ich habe mir das jetzt vorgenommen, lege ich mich jeden Tag eine Stunde hin. Wo soll das hinführen? Hektik, Hektik, Hektik jeden Tag, von morgens bis abends geht das Telefon, und dann die Tür. Genug, Ipek, es reicht. Wie lang soll das noch so weitergehen? Eines Tages falle ich um und dann werdet ihr sehen.«

»Was werden wir sehen?«, fragst du. Ich schüttle den Kopf, wieso provozierst du sie?

»An irgendeinem Tag werde ich *patt* umfallen, ihr werdet schon sehen.«

Als Kind habe ich mich vor diesem *Patt*-Umfallen gefürchtet oder davor, dass sie auszieht, auch das hat sie immer wieder angedroht, dass sie für immer weggeht, ihren Kopf nimmt und weggeht, so hat sie das gesagt. Und uns beide zurücklässt.

»Doktor Funke hat sich ein Grab neben seiner Frau reservieren lassen«, sagst du. »Bei ihm ist alles geregelt. *Ne güzel*, wie schön.«

»Diese Deutschen, für alles ist gesorgt.«

»Du kannst dir auch ein Plätzchen reservieren lassen«, sagst du.

»Können wir mal von was anderem reden?«, frage ich.

»Mach dir keine Sorgen, mein Lämmchen, ich lasse mich einäschern und dann nimmst du mich dorthin mit, wohin du gehst«, sagt Mama.

»Man darf keine Urne zuhause haben.«

»Merkt doch keiner.«

»Sicher.«

»So, ist gleich zehn, ich muss in die Sauna, Mitternachtsbaden.«

Stimmt, das Moonlight-Programm hatten wir auch gebucht.

»Wir hetzen vom Schlammbad ins Sprudelbad und dann zum Buffet und dann ist schon wieder Massage. Den ganzen Tag Programm, genau wie zuhause, nur dass ich hier nichts nähen muss. Ich dreh bald durch. Wenn ich wieder da bin, ich leg die Beine hoch und rühr mich nicht vom Fleck. War viel Kundschaft da? Ich habe allen gesagt, ich bin nicht da, sie brauchen gar nicht zu kommen. Hat Frau Berg ihre Hosen abgeholt? Die habe ich noch in der Nacht gekürzt, die brauchte sie ganz dringend, bei der muss immer alles sofort sein, die Arme, das ist wohl so, wenn man fast 80 ist, da spürst du den Zeitdruck. Also, passt auf euch auf, macht nicht so viel, legt euch in den Garten. Ich hoffe, ihr gießt jeden Morgen, hinten auch, da ist es schattig, aber trotzdem. Wenn es sehr heiß ist, müsst ihr abends nochmal gießen. Also, ich küsse euch. Wo habe ich denn jetzt meinen Bademantel liegen lassen? So, Tschüss.«

»Man muss gar nichts sagen, wenn man mit ihr telefoniert.«

»Wie gemacht für uns«, sage ich, und dann: »Ich geh nach oben, gute Nacht.«

»Über die Beerdigung reden wir noch mal«, sagst du. Und: »Gute Nacht.«

12

Das Fenster steht offen, ich höre dich im Garten. Wie du die Luft durch die Nase ziehst, kurz nur, dann Stille.

Auf dieses Geräusch habe ich als Kind in meinem Bett gewartet. Das war unser Zeichen, sobald ich dich Schniefen hörte, schlug ich meine Decke zurück und lief in euer Schlafzimmer. Die Rollläden waren heruntergelassen, Mama bis zum Kinn in ihre Decke gewickelt und du lagst still da. Unsicher stand ich in der Tür, warst du wirklich wach? Gerade als ich mich zum Gehen wandte, hobst du mit dem Fuß die Decke an und ich schlüpfte zu dir in die Wärme, legte meinen Kopf auf deinen Arm, auf deine Brust.

Du machst gemächliche Schritte auf den Betonplatten, nie bist du in Eile, nie gehetzt. Der Briefkasten klappert, du räusperst dich, gehst zurück in den Garten, die Schritte werden leiser. Ich kenne dein Räuspern, deine Schuhe auf dem Boden. Selbst am Telefon erkenne ich, noch bevor du ein Wort gesagt hast, dass du es bist, der abhebt. Da ist ein Zögern, eine Pause zwischen Rangehen und Sprechen.

Bis ich aufgestanden bin, wirst du unten im Laden sein. Wenn ich mich beeilte, könnten wir noch zusammen im Garten sitzen. Deswegen bin ich hier. Um bei dir zu sitzen, neben dir zu stehen, um dich herumzulaufen, in deiner Nähe zu sein. Um das auszukosten, was wir an Nähe ertragen, zulassen können, ohne dass es *ayıp* ist und uns beschämt.

Onkel Orhan ging mit Meray eingehakt über den Marktplatz, er schenkte ihr Haarreifen, er ließ sich auf Feiern mit ihr fotografieren, er küsste sie und sie küsste ihn. Da war Meray schon eine junge Frau und eigentlich schon viel zu groß für solche Dinge. Du und ich sahen den beiden voll Unbehagen zu und genierten uns.

Ein einziges Mal habe ich dich richtig umarmt, nachdem wir aufgehört hatten, uns zu umarmen. Bei der Beerdigung von Steffens Mutter warst du mit einem Schluchzer in Tränen ausgebrochen, als die Kuchenteller schon leergegessen waren und die ersten auf ihre Uhren sahen. Ich war aufgesprungen und hatte dich an mich gedrückt. Muss uns so etwas passieren, damit wir einander wieder näher kommen?

Wir hielten Abstand zueinander, mit Händen und mit Worten. Ihr verstandet ja kein Deutsch und wusstet nichts. Nicht, was Ballettschläppchen sind und nicht, was der Unterschied zwischen einer Blockflöte mit barocker und deutscher Griffweise war. Ihr wusstet nicht, dass man Vesperbrote nicht in Alufolie, sondern in Butterbrotpapier wickelte, dass Kinder nicht in den Hort gingen, sondern nach der Schule nach Hause, wo es Spätzle mit Soße oder sogar Miràcoli gab.

Ihr wusstet nicht, dass sie in der Schule lachten, im Bus tuschelten, grinsten oder einfach wegkuckten, wenn ich mitspielen wollte. Woher auch, zuhause erwähnte ich nichts. Meinen Groll weinte ich in mich hinein, und wenn mir doch vor allen anderen die Tränen kamen, log ich, der Bauch, das Bein, der Kopf täten mir weh, ganz plötzlich. Auf den Gedanken, euch davon zu erzählen, mich bei der Lehrerin zu beschweren, mich zu wehren, wäre ich nie gekommen. Ich musste mir eben mehr Mühe geben, mich noch besser anstrengen, keine dunkle *Pastırma* aufs Frühstücksbrot, dafür

Geflügelwurst, die aussah, wie die Wurst der anderen. Keine Tüte für die nassen Schwimmsachen mit in die Schule nehmen, stattdessen eine rote Sporttasche von Adidas. Behaupten, ich verstünde gar kein Türkisch. Meine Eltern reden mit mir, aber ich verstehe sie nicht. Es kam mir nicht einmal unglaubwürdig vor.

Alles hinnehmen, es mit mir selbst ausmachen, das heißt, alles schlucken und wirklich Magenschmerzen bekommen. Simone, die alles mitbekam, in den Pausen, auf dem Schulhof, auf dem Heimweg, tröstete mich: Das meinen die nicht so. Oder: Zu mir sagen sie auch Bohnenstange. Sie sagen, Beine wie ein Reh, nicht so schlank, aber so haarig. Oder: Hör nicht hin, geh weg, das sind doch sowieso bloß Idioten. Wenn du kein Türkisch kannst, bist du auch keine Türkin. Also.

Zuhause erzählte ich nichts davon. Ich war mir sicher, dass sie bei der Arbeit solche Sprüche auch über euch machten, skeptisch euer Mittagessen beäugten, über eure verkehrten Artikel lachten, über eure Namen. Wieso solltet ihr ungeschoren davonkommen? Ich hörte ja ihre Bemerkungen, beim Arzt (»Jetzt hat sie den Impfpass wieder nicht dabei ...!«), im Geschäft (»Wir sind hier nicht auf dem Bazar!«), auf dem Schulfest (»Anstellen, bei uns wird nicht gedrängelt!«). Geschwiegen haben wir und weggehört, die anderen haben geredet. Meinten wir, unser Schweigen könnte uns beschützen, das Böse würde einfach an uns abprallen, wenn wir nur den Mund geschlossen hielten?

Schreien hätten wir sollen. Jetzt ist es zu spät, denn wer zu lange schweigt, dem wächst der Mund zu und geht nie mehr wieder auf. Was hätte passieren müssen, damit uns einmal der Kragen platzt? Er bliebe vor allem erst einmal geplatzt und Mama ist nicht da, um ihn zu flicken.

Zaghaft klopft es.

»Ich fahr in die Stadt. Ich habe etwas zu erledigen.« Du sprichst durch die geschlossene Tür.

»Gut.«

»Brauchst du was?«

»Nein.«

»Ich muss auch auf den Markt.«

»Gut.«

»Unten ist Kaffee.«

»*Tamam*, ich stehe gleich auf.«

Ich bleibe liegen, so lange, bis du im Auto weggefahren bist. Ich will keinen Kaffee.

Mama redet, als würde sie einen Pullover aufribbeln. Den Wollfaden in der Hand, ein leichter Zug, schon zieht sich eine Reihe nach der anderen auf. Ein Satz zieht den nächsten nach sich. Wir reden über dieses und jenes, Belangloses und Allerlei und erinnern uns danach an nichts mehr. Würde man uns hinterher fragen, worüber und in welcher Sprache wir gesprochen haben – über nichts, würden wir sagen. Unsere Gespräche sind leicht und fein, sie wehen uns davon.

Uns nicht, dir und mir, uns ist das Sprechen eine Last. Am Telefon genauso wie von Angesicht zu Angesicht. Wir schleppen uns von einem Satz zum nächsten, ziehen uns die Worte mühsam aus dem Mund, auf eine kurze Frage folgt eine noch kürzere Antwort. Dann eine quälende Weile nichts.

Wir wechseln Worte, gerade so viele, dass der Schein gewahrt bleibt, die Peinlichkeit verdeckt wird, dass wir, Vater und Tochter, nicht wissen, wie miteinander sprechen. Gehen einander aus dem

Weg, doch nur so weit, dass wir uns immer noch im Weg stehen. Besser dem anderen eine Last als dem anderen nichts sein. Zwischen uns herrscht eine Wortlosigkeit, dass mir eng wird in der Brust.

Trotzdem habe ich mir ein Ticket gekauft, bin in den Zug gestiegen, bin Stunden quer durchs Land gefahren, obwohl von Anfang an klar war, wie es hier werden würde. Aber. In meinem Adressbuch, das ich längst nicht mehr benutze, klebt dieses Gedicht:

The Strangeness by Stan Rice:

The strangeness of others —
Even your sisters and brothers —
Is a responsibility to
Overcome — or some night they will be lying
In a bed dying — and how you loved them,
Its quality — will be as unknown
To you as your own mother was
While a living stranger.

Es klebt auf der Aufschlagseite und treibt mir noch immer den Puls an, als wären sie mit Pferden hinter mir her. Nicht wegen den *brothers* und *sisters*, und nicht wegen meiner *own mother*. Du bist der *living stranger*, du mir und ich dir. So schwer es mir fällt, dir zu sagen, wie lieb ich dich hab, der Gedanke, dass ich es dir nicht sagen, nie gesagt haben werde, drückt alles in mir zusammen.

Einen Moment hatte ich überlegt, mein Aufnahmegerät einzupacken. Wird es ganz schlimm, dachte ich, baue ich es auf dem Esstisch auf, und erzähle dir, ich würde fürs Radio eine neue Reihe machen, Väter und Töchter, ein Generationengespräch. Wir hätten etwas zu tun gehabt und sogar etwas, worüber wir sprechen konnten. Meine Fragen hätte ich vom Blatt gelesen, du hättest geantwortet, dazu hätte ich genickt, die Augenbrauen hochgezogen, mhm, ja, ich höre zu, und wieder genickt, aber nie dazwischen gesprochen. Schließlich wären wir fertig gewesen, du hättest mich angesehen, sonst noch was, und ich hätte mich lächelnd bedankt, für deine Bereitschaft und deine Zeit.

Ich liebe das Zuhören. Wenn eure Freunde zu Besuch waren, saß ich bei den Frauen in der Küche, wo sie auf das Teewasser warteten oder auf den Hefeteig.

»Was sitzt du hier rum, wie ein altes Weib, geh doch rein, zu den Kindern.«

Das mit dem alten Weib sagte Mama nur wegen Tante Gülseren. Nur wenn sie da war, redete sie so mit mir.

»Was soll sie denn drinnen? Ihr Vater hat seine Zunge verschluckt und Orhan kann den Mund nicht aufmachen, weil ihm sonst die Kippe rausfällt.«

»Mit den Kindern kann sie spielen.«

»Ach, lass sie in Frieden. Komm zu Tante Vildan, komm mein Herzchen.«

Sie zog mich auf ihren Schoß, küsste mich auf die Wange und wiegte mich in ihren Armen.

Im Wohnzimmer lief der Fernseher, du, Onkel Orhan und die anderen Väter spielten Karten, Sonja und Meray und die anderen

Kinder lagen auf dem Teppich um ein Brett *Mensch ärgere Dich nicht* herum oder sie legten Dominosteine aneinander. *Mühle* hatten wir noch, mehr gab unsere *Spielesammlung* nicht her.

Ich blieb in der Küche und hörte Tante Vildan zu. Tante Vildan erzählte, wo der Frauenarzt sie untersucht hat.

»Hier«, sagte sie und legte die Hand auf ihren Busen. »Und hier hat er geschaut«, sie berührte ihren Schritt. »Dann hat er noch Blut abgenommen.« Sie streckte den Arm aus und zeigte uns das Pflaster.

Spät am Abend, wenn Sonja und Meray auf dem Sofa eingeschlafen waren, lag ich in Mamas Arm, die Augen geschlossen und hörte euch sprechen und lachen. Mamas Herzschlag, ihre Stimme und ihre Bewegung, wenn sie sich nach vorne beugte, um einen Schluck aus dem Teeglas zu nehmen, lullten mich ein.

Im Bus setze ich mich manchmal so, dass ich hören kann, was die anderen erzählen.

»Um drei bin ich da, hat sie gesagt, da hätte ich's mir eigentlich auch schon denken können. Ich habe extra zu ihr gesagt, komm am Donnerstag, donnerstags hab ich frei, donnerstags und freitags, da bin ich da. Da mach ich meine Wäsche, und wenn sie dann nicht kommt, hab ich gedacht, muss ich nicht blöd rumsitzen und auf sie warten. Dann habe ich gedacht, komm, holst trotzdem einen Tortenboden, beim Sielmann, der macht die frisch, das schmeckt man auch. Erdbeeren habe ich gekauft, und Sahne, und so einen kleinen Kuchenboden, Sielmann hat auch kleine Tortenböden, sechs Stücke hast du dann. Sie weiß ja, dass ich viel zu tun hab, das habe ich ihr gleich gesagt, ich habe nicht den ganzen Tag Zeit, ich warte nicht irgendwo in der Stadt auf dich, komm du zu mir. Dann war ihr Handy aus. Ich habe es zweimal versucht und abends noch einmal. Am Samstag hat sie dann angerufen, ja, dem Finnley ist eine Wespe in den Mund geflogen und hat ihm in die Zunge gestochen. Da kann man doch anrufen, oder nicht? Da muss man nicht bis Samstag warten. Ja, mein Handy, ja, kein Akku. Die lügt doch. Ich weiß schon, wo sie wieder war. Sei still, hab ich gesagt. Mir reichts, ich glaub dir kein Wort, hab ich gesagt, immer das gleiche mit dir, glaubst du, ich bin blöd? Aber weißt du, wegen der reg ich mich nicht mehr auf. Wozu soll ich mich aufregen? Da ist mir meine Zeit zu schade. Nein, wegen der regst du dich nicht auf. Das hat sie gar nicht verdient.«

Ich lasse mich hineinziehen in ihre Geschichten, bin eine Busfahrt lang dabei, höre in andere Leben hinein, und manchmal fahre ich noch eine Haltestelle mit oder zwei, weil es so schön ist.

Im Nachthemd gehe ich im Wohnzimmer umher, im Schlafzimmer, im Flur.

Auf dem Kachelofen liegt ein Zettel mit der Adresse von Mamas Hotel, ich erkenne ihre Schrift, bei »Sonnenhof« hat sie das zweite N vergessen. Ihr fehlt die routinierte Hand, ich sehe Mama vor mir, wie sie den Kugelschreiber zwischen Daumen und Zeigefinger dreht und dreht, bevor sie den nächsten Druckbuchstaben aufs Papier setzt. Deine Schreibfehler beschämen mich nicht mehr, auch dass du Hoffmann-von-Fallersleben-Straße nie ohne einen Fehler auf einen Briefumschlag schreiben kannst. Das war nicht immer so.

»So doch nicht«, sagte ich, nachdem du eine meiner Klassenarbeiten unterschrieben hattest. Du schriebst den Anfangsbuchstaben deines Vornamens auf die schwarze Linie und setztest dann Demirkaya quer in diesen Buchstaben hinein. Keine meiner Lehrerinnen unterschrieb so wie ihr, auch die anderen Eltern nicht. »Nur den Nachnamen, ganz schnell, in Schreibschrift. So.« Ich nahm dir den Kuli aus der Hand und machte Wellen auf mein Löschblatt.

Später sah ich wie meine spanische Dozentin und auch meine Vermieterin in Sevilla, wie alle, die ich in Spanien traf, ihren Nachnamen in große *Ms* und *As* und *Hs* setzten. Da hattest du dich längst an deine neue Unterschrift gewöhnt.

13

Ince Memed läuft über steinige Felder voll Disteln und Dornen, er will fort von zuhause, in das Dorf seines Freundes, in dem – so hat es der Freund gesagt – Kinder nicht geschlagen werden. Memed, seine Mutter, der alte Mann, der ihn für die Nacht aufnimmt, sie alle sprechen so wie Großmutter, wie meine Onkel, wie die Menschen dort sprechen, wo deine Familie lebt.

Ich sehe die staubigen Böden, die Disteln, den Holzsattel im Hof, die Maulbeerbäume, die wurmzerfressene Haustür. Es gibt ein Schwarzweißfoto von dir, da bist du neun oder zehn, dein Haar dicht und struppig, dein Blick grimmig, dein runder Kragen weiß, darunter der Schulkittel. So stelle ich mir Memed vor.

Es klingelt an der Tür, kurz nur. Ich bin da und komm gleich ins Haus, heißt das. Ich lege mein Buch weg und gehe dir entgegen. Du stehst mit dem Einkaufskorb vor dem Haus.

Immer schon ist es so gewesen, du kommst vom Einkaufen, Mama und ich eilen dir entgegen, nehmen dir den Korb ab, die Baumwollbeutel, den Sack Kartoffeln. Selbst wenn es nichts zu tragen gibt, kommen wir an die Tür, halten uns bereit. Nicht im Traum käme ich auf die Idee, einfach liegenzubleiben. Weil sich das nicht gehört, weil das verboten ist, *ayıp*.

»Hör auf zu meckern. Wir mussten uns als Kinder erheben, wenn mein Vater bloß das Zimmer betrat«, sagte Mama.

»Ich muss auch aufstehen, wenn Papa reinkommt.«

»Musst du überhaupt nicht.«

»Doch, mich ordentlich hinsetzen muss ich.«

»Jetzt beeil dich, im Kofferraum ist noch mehr. Und hier, nimm den Beutel mit.«

Wenn ich nach Hause kam und Kai nicht an der Tür stand, kochte ich vor Wut.

»Wenn ich vom Einkaufen komme, musst du mir aufmachen. Du musst mir beim Einräumen helfen.«

»Ich mach doch hier auch gerade was. Ich räum es später ein, lass es im Flur stehen.«

»Nein. Du musst mir die Tür aufmachen, du musst die Sachen reintragen.«

»Du spinnst doch.«

Wie das mit dem Einkaufen funktioniert, hat Kai nie begriffen.

Du reichst mir die Papiertüte mit den Aprikosen, ich lege sie in den Korb. Ich stelle die Milch in den Kühlschrank, du hältst Eier und Quark bereit, damit ich mich nicht bücken muss. Du wäschst die Trauben. Ich stelle den leeren Korb weg.

Wir haben die Sachen in wenigen Minuten verstaut, du hättest meine Hilfe nicht gebraucht. Trotzdem machen wir es zusammen, Hand in Hand, wenigstens das, wenn wir uns sonst schon nicht berühren. Dabei weiß ich, wie sich deine Hände anfühlen. Trocken, hart, von der Arbeit, sagtest du. Auf deinem Handrücken verlaufen dicke grüne Adern.

Als ich klein war, habe ich sie eingedrückt und das Blut darin gestoppt. Du nahmst meine Hand und riebst sie an dein raues Kinn, das kitzelte. Du kitzeltest mich an den Füßen. Du pustetest mir sanft ins Ohr. Du kratztest mich am Kopf, riebst mir den Rücken, auf und ab und auf und ab. Grobe Zärtlichkeiten, denn für die sanften wurde ich langsam zu groß. Beim Fernsehgucken warfst du ein Sofakissen nach mir, nicht fest, so, dass ich es fangen konnte. Manchmal ging ein Glas dabei zu Bruch, kippte eine Zimmerpflanze um, die Erde fiel auf den Teppich. *Eşek şakası*, sagte Mama dann, Eselsspäße, derb und gar nicht witzig.

Ich liebte unsere Blödeleien, wenn du Salatsoße laut aus der Schüssel schlürftest, die Pflanze so stelltest, dass Mama die Wohnzimmertür nicht aufbekam, aus einem Glas trankst, ohne die Hände zu benutzen. Einmal schlug ich mir einen Zahn dabei aus, einen wackligen Milchzahn bloß, ich weinte nicht. Mama schimpfte dich aus, und ich hielt zu dir. Sie war uns beiden eine Mutter. Gegen sie mussten wir zusammenhalten.

Jetzt stehst du am Fenster, mit *Ince Memed* in der Hand.

»Hast du es gelesen?«

Du schlägst das Buch zu.

»Ist toll, oder?«

»Mhm.«

»Mir gefällt, wie er schreibt, wie die Leute sprechen. Ich habe dann gleich das Gefühl, ich wäre bei Oma und Opa. Das spielt dort in der Gegend.«

»Bei uns wächst nicht so viel Baumwolle.«

»Ja. Trotzdem.«

»Mhm.«

Du legst das Buch auf die Kommode, neben die Funk-Wetterstation. Die Uhr geht falsch.

»Allah braucht neue Batterien.«

Was interessieren mich die Batterien. Und dass du das Ding Allah nennst, ist auch schon ein alter Witz.

»Wenn ich von Memed lese, wie er von zuhause wegläuft, und dieses Dorf, stelle ich mir vor, dass es so ähnlich war, als du ein Kind warst.«

Du nickst, dann nimmst du die leeren Batterien heraus.

»Vielleicht gefällt es dir«, sage ich und du ziehst die Schublade auf, in der neue Batterien und Ladekabel liegen.

Vielleicht hast du nur den Anfang gelesen. Vielleicht interessiert es dich nicht. Vielleicht ist dir ein ganzes Buch zu anstrengend.

»Es gefällt dir bestimmt.«

»Ich hole neue Batterien von unten, hier sind keine mehr.«

Ich esse ein paar Trauben, dann gehe ich hinunter zu dir. So wie Alois Herkommer hast du deine Werkstatt im hinteren Ladenraum eingerichtet, Mamas Änderungsschneiderei liegt zur Straße hin, sie näht dort, wo früher die Theke, die Kasse und der Schrank mit den neu besohlten und geflickten Schuhen standen. Wie es hier früher ausgesehen hat, zeigen die Fotos, die euch die Schuhmacherstochter geschenkt und die Mama gerahmt und an die Wand gehängt hat. Wer zu dir in die Werkstatt will, kommt an ihnen vorbei. Vor allem müssen sie an Mama vorbei, die sich stets darüber aufregt, dass sich deine Kunden nie an Termine halten. »Sie kommen, wann es ihnen passt und stehen an meiner Nähmaschine herum. Und weil dein Vater den Mund nicht aufkriegt, muss ich mit ihnen Konversation machen.«

»Ich habe gesagt, lass uns das Schaufenster zumauern und einen richtigen Eingang bauen«, sagtest du.

»Ich brauche aber Tageslicht zum Arbeiten«, sagte Mama dann und du: »Ich wollte diesen Laden von Anfang an nicht.«

Wenn das wieder anfing, verzog ich mich nach oben, wusch grünen Salat fürs Abendessen oder saugte das Wohnzimmer. Irgendeine Arbeit fand sich immer.

Du wolltest das ganze Haus nicht, Mama und die Schuhmacherstochter hatten schon einen Termin bei der Bank, da warst du immer noch gegen den Umzug.

»Wozu ein großes Haus kaufen, wenn das Kind ausgezogen ist?«

»Weil wir dort eine Werkstatt haben.«

»Wir brauchen keine Werkstatt.«

»Ich nähe mir nicht in der Fabrik die Finger wund. Und auch du hast da lange genug geschuftet.«

»Du bist verrückt.«

»Na und.«

Inzwischen vergeht kein Tag, an dem du nicht hier unten stehst. Wenn du nichts polsterst oder beziehst, dann baust du Fußschemel für Freunde, Puppenwiegen, schleifst eine alte Kommode ab.

»Kann ich nicht was helfen?«, frage ich.

»Kannst du hämmern?«

Als hätte ich noch nie etwas gehämmert.

Aus einer Pappschachtel nimmst du goldene Ziernägel, eine Fußbank soll rundum beschlagen werden.

»Nicht zu fest, sonst schlägst du Dellen in die Nägel. Und nicht aufs Holz.«

Mit den ersten vier Nägeln machst du es mir vor.

»Der Abstand muss immer gleich sein. Markiere dir Punkte mit dem Stift.«

Ich schlage den ersten Nagel ein.

»Pass auf deine Finger auf.«

»Papa, ich bin nicht bescheuert.«

»Früher konntest du nichts von einem Zimmer ins andere tragen, ohne dass es dir heruntergefallen ist.«

»Stimmt überhaupt nicht«, sage ich und lache. Einmal ist mir der nagelneue Walkman auf den Boden geknallt, noch beim Auspacken. Sonst ist nie was passiert.

Machen hilft. Wie oft habe ich es gedacht und doch vergessen, es kommt mir vor wie frisch gedacht. Wir müssen über das Machen zum Machen kommen und über das Sprechen zum Sprechen. Erstmal anfangen und dann sehen, was daraus wird. So habe ich gemalt. Ist erst einmal etwas auf dem Papier, kommt der nächste Strich, der nächste Fleck dazu.

»Was wird das?«, fragten wir einander im Kindergarten, wenn wir über unseren Bildern saßen.

»Weiß ich noch nicht.«

Gelb und rosa und gold, ein Schmetterling wird das. Eine Muschel im Sand, ein Hochzeitskleid. Auch da gilt: »Wenn ihr erst einmal verheiratet seid, werdet ihr euch auch lieben.« Soll Großmutter zu Mama gesagt haben.

»Schau mal.«

Eine Seite ist schon beschlagen, die Abstände sind regelmäßig.

Du kneifst die Augen zusammen, damit du besser siehst, nickst und umrandest die Pappschablone auf dem Leder mit weißem Stift. »Bist ja doch zu was zu gebrauchen.«

Zu etwas zu gebrauchen sein. Darauf kam es dir an, mehr noch als Mama. Mach dich nützlich. Tu was. Du bist zu nichts zu gebrauchen. Emsig sein, eifrig tun, die Hände immer beschäftigt und sei es, dass man nur die Kuscheldecke auf dem Sofa ordentlich faltet, die Fernsehzeitschrift unter die Fernbedienung schiebt. So muss das gewesen sein, in einem Bauernhaus, Kühe melken, Ziegen melken, Hühner füttern, Wasser holen, Hof fegen, Feuer machen, Brot backen, raus aufs Feld, Mais schneiden. Für jeden gibt es etwas zu tun, selbst für die Kleinsten, die hüten das Baby und passen auf, dass es nicht aus der Hängematte fällt.

Ich stand nicht auf, wenn du ins Wohnzimmer kamst, rastlos wurde ich dennoch. Schüttelte die Sofakissen auf, fing an, die Handtücher im Wäschekorb zu falten, die Socken, Unterhemden. Ohne Worte scheuchtest du mich auf, triebst mich an zu sinnloser Geschäftigkeit, Deckchen glattziehen, Topfpflanzen zurechtrücken, das gekippte Fenster schließen. Noch heute mach ich das, auch wenn ich allein bin, ich muss mich zwingen, nichts zu tun.

»Früher hättest du nie freiwillig gefragt, ob du etwas helfen kannst. Deine Mutter wollte dir das Nähen beibringen, du bist an die Decke gegangen. ›Warum soll ich nähen lernen? Immer soll ich nähen lernen und kochen und backen. Ich werde keine Schneiderin und ich repariere auch keine Sofas.‹ Und deine Mutter sagte: ›Und essen wirst du auch nicht? Willst du später etwa deine Hosen bei anderen Leuten kürzen lassen, weil du es selber nicht kannst?‹«

Das Später war wichtig, so wichtig, dass wir fortwährend davon sprachen: Wenn du mal groß bist, wenn du erwachsen bist, in zehn Jahren stehst du dumm da, wenn du nicht rechnen kannst, kein Türkisch mehr kannst, immer so krumm am Tisch sitzt, bei so schlechtem Licht Hausaufgaben machst, mit nassen Haaren ins Bett gehst und immer an allem etwas auszusetzen hast. Wie soll das denn später werden?

»Ich weiß.«

»Vor deinem Mundwerk haben wir uns gefürchtet. Laut warst du und hast geredet, bis einem der Kopf wehtat. *Bıdı-bıdı – bıdı-bıdı.* Nie stand dein Mund still.«

»Also so schlimm war ich auch nicht.«

Du siehst kurz zu mir auf, ich tu so, als bemerkte ich es nicht und schlage den nächsten Nagel ein, gleich habe ich die dritte Seite fertig.

»Jetzt hast du den passenden Beruf dazu.«

»Zu viel reden ist gar nicht gut in meinem Beruf. Man macht das Gespräch kaputt, wenn man immer dazwischen plappert«, sage ich so schnippisch, dass eine Pause entsteht, ein Schweigen, das anders ist als unser alter Freund. Eines, das alle Aufmerksamkeit auf sich zieht und die ganze Werkstatt füllt.

»Uns war es manchmal zu viel. Aber wir haben damals nicht verstanden, dass das eine Qualität ist. Wir waren ja neu in Deutschland. Wir wussten so vieles nicht.«

Sofort weicht meine Anspannung.

»Na ja, ihr kanntet euch mit anderen Dingen aus.«

»Mit Hühnern.«

Ich muss lachen.

»Mit Ziegen.«

»Pferden.«

»Pistazien.«

»Kuhmist.«

»Mit Schafen.«

»Man sagt brrt und haut ihnen so aufs Hinterteil«, sagst du und klopfst auf Funkes Stuhlposter. »Brrt, brrt, los, lauf.«

Es ist schön, mit dir zu lachen.

»Mit Eseln auch.«

»Mit Eseln kenn ich mich auch aus. ›*Eşek kadar oldun*‹, hast du immer gesagt.«

Bist schon so groß wie ein Esel, wie dämlich das auf Deutsch klingt. Klingt auch auf Türkisch nicht gut, wenn jemand sagt: *Eşek kadar oldun*. Bist eselsgroß und lässt deine Schultasche mitten im Weg stehen. *Eşek kadar oldun* und kannst nicht essen, ohne zu kleckern. Keine Kiste Wasser schleppen. Keine Telefonnummer richtig aufschreiben.

»Auf dem Dorf ist man den Eseln sehr nah. Die Esel waren meine besten Freunde.«

Du legst die Schablone zur Seite, streichst mit den Fingern über das ausgeschnittene Stück Leder. Einen Moment habe ich den Eindruck, da kommt noch was. Es kommt nichts.

Du räumst die Rolle Leder weg, fegst mit einem Handbesen Schnipsel vom Tisch. Die Klappe ist zugegangen, das Licht ist aus, unser kleiner Moment ist verflogen. Hastig halte ich dir das Fußbänkchen hin.

»Jetzt fehlt nur noch die kurze Seite. Mit Nägeln sieht es viel eleganter aus als ohne.«

Du nickst.

Vielleicht habe ich es mit meinen Beispielen übertrieben. Zu viel geredet. Mit dem Finger fahre ich über die runden Nagelköpfe.

»Ist gut geworden«, sagst du. Nicht: Hast du gut gemacht.

»Für wen ist das denn?«

»Kennst du nicht.«

»Ich dachte, vielleicht Doktor Funke.«

»Nein.«

»Mama meldet sich gar nicht.«

»Sie hat gesagt, ich werde nicht anrufen. Einmal in meinem Leben will ich eine ganze Woche mal nichts müssen. Nicht mal deine Stimme hören.«

Immer schon habt ihr so miteinander geredet, nichts daran ist ungewöhnlich. Mamas Freundinnen, Mamas Schwestern, alle Frauen in der Familie sprechen in diesem Ton über ihre Männer. Dumm seien sie, unfähig, schwer von Begriff, linkisch, langsam und ohne irgendein Talent. Bekommen ohne ihre Frauen nichts hin. Das ist kein Geheimnis, die Männer wissen, wie ihre Frauen über sie denken. Die Männer sitzen mit im Raum, fühlen sich aber nicht gemeint.

»Es ist, wie es ist«, sagte Mama bei einem ihrer Videochats mit ihrer Schwester Nursel. »Unser Vater hat jede einzelne von uns an einen Schwachkopf verheiratet, jede einzelne, meine Liebe. Schau, Tomaten hat er heute gekauft, was soll ich mit so viel Tomaten? Die in der Küche sieht er nicht. Kann nicht abwarten, bis ich aufgestanden bin und ihm einen Zettel geschrieben habe. Vielleicht brauche ich ja was aus der Stadt, vielleicht will ich ihm ja etwas auftragen? Nein, sobald er die Augen aufschlägt, ist er auf dem Weg. Das Bett piekt ihn in den Arsch.«

»Sie können es nicht besser«, sagte Tante Nursel. »Sie sind im Kopf nicht in der Lage dazu. Sonst würde er nicht in aller Herrgottsfrühe aus dem Haus rennen. Kuck dir Ahmet an, dreimal hab ich ihn angestupst, gegessen hat er nichts, da liegt er wie ein Sack.« Sie drehte die Kamera zum schlafenden Onkel, der schnarchte. »Mit offenem Mund. Gleich hat er eine Fliege drin. Wenn er an ihr erstickt, bin ich ihn los.«

»*Allah korusun*, um Gottes Willen, Nursel. Was würdest du tun, wenn er wirklich ersticken würde, mitten in der Nacht?«

»So spät kommt noch nicht mal die Ambulanz zu uns raus.«

»Deck ihn zu, den Ärmsten.«

In den Sommerferien wohnten wir meist bei Tante Nursel, sie hatte am meisten Platz und eine richtige Toilette, nicht nur ein Hockklo wie Großmutter. Nächtelang saßen wir beisammen, alle Schwestern, die Kinder und die Babys, und nie sagte eine der Frauen etwas Liebevolles, etwas Schönes, etwas Gutes über ihren Mann, auch nicht, wenn sie unter sich waren. Die Männer hatten es sich im Wohnzimmer bequem gemacht, im richtigen Wohnzimmer, in dem die Vitrine stand, die ausladenden Sessel mit geschnitzten Beinen, an denen man sich die Knie aufschlug. Über ihnen surrte die Neonröhre, die Fenster standen offen, denn nun, wo es Nacht wurde, ging endlich auch ein Wind und bauschte die Vorhänge auf. Die Männer sprachen nicht über ihre Frauen. Sie sprachen über Männersachen. Über Arbeit, über Geld, über Politik. Über Felder, über Pistazien und den Dollar.

»Hast du Hunger?«, fragst du.

Kochen und Essen hält uns zusammen. Wenn wir nicht wissen, was tun, schneiden wir ein paar Äpfel auf, waschen einen Bund Petersilie und sortieren die welken Stängel aus, weichen den Reis fürs Abendessen ein.

Reis muss man so lange waschen, bis das Wasser klar ist, und dann, nein, den Topf kannst du dafür nicht nehmen, der ist zu hoch, nimm den flachen mit den Griffen an der Seite. Hörst du zu? Mamas Stimme sitzt in den Wänden. Nicht zu viel Wasser, sonst wird er matschig, mit dem kleinen Finger misst du das Wasser ab, es muss eine Fingerspitze hoch über dem Reis stehen, hier, bis zum Knick, und jetzt pass auf, kurz aufkochen und runterschalten. Du darfst ihn nicht totkochen. Dann spannst du ein Küchentuch über den Topf, nicht das, das ist frisch gewaschen, du willst doch nicht, dass dein Reis nach Waschpulver riecht. Zieh unten eins aus dem Stapel, so, Deckel drauf, gut zudrücken, schau. Das Tuch nimmt den Dampf auf. Noch nicht umrühren, auf keinen Fall. Jetzt Butter, gib mir mal die Butter. Ah, der ist gut geworden, so muss Reis sein, locker, körnig. Ruf deinen Vater, Ipek, Reiskochen ist eigentlich seine Aufgabe, wo ist er denn schon wieder? Den ganzen Tag hockt er in seiner Werkstatt. Haydar, kannst du einmal in deinem Leben den Tisch decken!

»Deine Mutter hat grüne Bohnen gekocht, müssen wir bloß auftauen.«

»Wir können Reis dazu machen. Den Salat habe ich schon gewaschen.«

»Kannst du Reis kochen?«

Das ist ein alter Witz. Wenn ich Reis kochte und er gut gelang, sagtest du: »Jetzt kannst du heiraten.« Jedes Mal, sogar dann noch, als es längst niemand mehr lustig fand. Du wirst es auch heute sagen und ich werde dazu lächeln und die Augenbraue hochziehen. Wir werden schweigend essen, und du wirst nicht fragen, warum Kai und ich nicht mehr zusammen sind. Mama wird dir schon alles erzählt haben. Sie ist unsere Botin, trägt meine Worte zu dir und deine zurück zu mir. Und so vermischt sich das, was sie denkt, mit dem, was du denkst, zu dem, was sie daraus macht.

»Dein Vater sagt, der Kai war sowieso nichts für dich.«

Während ich den gewaschenen Reis in den Topf fülle, begreife ich plötzlich etwas, was ich schon die ganze Zeit weiß. Wir zwei werden nicht ins Schwätzen kommen. Wir werden nicht miteinander sprechen. Wir haben nie miteinander gesprochen. Wir müssen nicht reden. Ich will nicht reden, ich will Nähe, Vaternähe. Ich will Vertrautheit, ich will Selbstverständlichkeit, ein gelassenes Beieinandersein ohne Druck auf der Brust, ohne ein Ziehen im Bauch, ohne die Stimme im Ohr, die einen Makel darin sieht, Versagen, Gefühlskälte, Gleichgültigkeit. Das ist nicht Mamas Stimme, es ist meine eigene.

Also gebrauchen wir unsere Hände zum Reden, sie wollen beschäftigt werden, etwas zu tun haben, etwas anfassen, etwas festhalten, und sei es ein Topf Reis.

Wir setzen uns an den Tisch, du hast gedeckt, ich stelle den Topf auf den Tisch, hebe den Deckel an, lege das Tuch zur Seite, die Körner haben sich eingerollt. Perfekt.

»Gut geworden«, sagst du und strahlst.

Mit dem großen Holzlöffel gebe ich dir eine Portion auf den Teller.

Es ist genug, wenn wir hier sitzen und essen und kauen und beieinander sind. Uns in das Schweigen einwickeln wie in eine warme Decke.

Kann nicht das Schweigen unsere Sprache sein? Reden ist Silber und Schweigen ist Gold. Immerzu habe ich Wörter gelernt. 5000 spanische Vokabeln aus dem roten Grund- und Aufbauwortschatz.

Tagelang Wörter auf Karteikärtchen geschrieben, in der Hosentasche mit mir herumgetragen, *el descanso*: Pause, Erholung, *el destino*: Schicksal, Zukunft, Reiseziel, *estar dispuesto*, bereit sein. In England führte ich ein kleines Heft mit mir, *paw* schrieb ich auf, die Katzenpfote, und *actually*, was so Vieles heißen kann und so schwer auszusprechen ist. Ich wollte nicht klingen wie eine Deutsche, die Englisch gelernt hat, ich wollte so klingen wie die Frau im Fernsehen, *actually*. Wie andere Leute Steine sammeln oder Badeenten, sammelte ich Wörter, nie ihrer Schönheit wegen, nicht weil mir ihr Klang gefiel, ich habe sie aus reiner Gier gehortet, um gewappnet zu sein. Nur wogegen?

Mit einem feuchten Lappen wische ich den Tisch ab, du hast dich auf die Terrasse gesetzt, die Tür steht offen. Das Teewasser kocht, ich stelle die kleinen Tulpengläser und Zucker aufs Tablett. Mama findet die Gläser zu klein, wer soll die denn ständig auffüllen, sie trinkt sowieso viel lieber Kaffee, also kocht sie Kaffee und du beklagst dich nicht.

Als der Tee fertig ist, bist du im Gartenstuhl eingeschlafen. Dein Kopf liegt auf deiner Schulter. Geräuschlos stelle ich das Tablett ab. Hier draußen ist nichts, was ich dir zwischen Kopf und Schulter schieben könnte. Du sollst nicht ohne Kissen schlafen. Kaum stehe ich mit einem Sofakissen neben dir, reißt du die Augen auf. Ich habe dich nicht einmal berührt, meine Nähe hat dich geweckt.

Mit dem Handrücken wischst du dir über den Mund.

»Schlaf ruhig«, sage ich.

»Ich hab nicht geschlafen.«

»Ne. Das Kissen habe ich geholt, weil ich es mal ein bisschen aufschütteln wollte.«

»Welches Kissen?«

Ich strecke es ihm entgegen.

»Ich brauch kein Kissen.«

»Dann nehme ich es.«

Wir machen es uns auf den Gartenstühlen bequem, die Beine lege ich auf den großen Blumentopf mit dem Zitronenbäumchen, stelle mein Gläschen auf der Armlehne ab und schiebe das Sofakissen in den Nacken.

»Ich hoffe, jetzt kommt nicht gleich Doktor Funke um die Ecke.«

»Der kommt nicht.«

Dein Löffelchen schlägt klirrend an dein Teeglas, wieder und wieder, du machst das mit Absicht.

»Papa!«

»Was ist? Ich rühre um.«

So rührt Tante Gülseren ihren Tee. Schlürfend nimmst du einen Schluck.

»Heiß«, sagst du und schlürfst gleich nochmal. Unsere Scherze sind dieselben geblieben.

»Als Kind mochtest du keinen Schwarztee.«

Ich bin jetzt erwachsen, Papa, will ich sagen, ich bin hierhergekommen, weil ich wissen will, wer du noch bist, außer mein Papa von früher, ich will wissen, ob wir auch jetzt miteinander können. Es ist schön, sich an die Späße von früher zu erinnern, doch kannst du auch mit einer erwachsenen Tochter etwas anfangen? Und ich mit dir, der du mein Papa bist, aber noch viel mehr als das?

Jetzt muss ich es nur noch sagen.

»Mittlerweile mag ich schwarzen Tee.«

»Welchen trinkst du? Darjeeling?«

»Assam.«

Du nickst und ich erinnere mich an die Frau im Teehaus, die uns sagte, ihr Türken kocht den Tee zu Tode. Ihr dürft ihn nicht stundenlang ziehen lassen, nur drei Minuten. Daraufhin gab es bei uns den Tee in einer vorgewärmten Kanne, drei Minuten, manchmal fünf. Mit Kandiszucker, ohne Milch. Natürlich nur, wenn wir unter uns waren, wenn Gäste kamen, stand wieder die türkische Kanne auf dem Herd und der Tee zog den ganzen Abend, wie es sich gehörte.

»Und grünen Tee?«

»Ne, den nicht.«

Du versuchst, Konversation zu machen, und ich bin unfähig, mit dir über Assam zu reden. Uns kommt das Sprechen nicht mit dem Sprechen, das Tun kommt nicht durchs Tun, ich habe mich geirrt.

Lieber schweige ich und gräme mich darüber, statt Worte aufzusagen, die man eben sagt, wenn man etwas sagt. Lieber nehme ich in Kauf, dass du verlegen wirst, beschämt, deinen Versuch bereust, als dass ich etwas tue, was sich für mich nicht echt anfühlt.

15

Morgen fahre ich nach Hause, und wenn Kai noch da wäre, könnte ich erzählen: Es war ganz schön, wir haben es ruhig angehen lassen, zusammen gekocht, im Garten gesessen, und in der Werkstatt riecht es immer noch so wie früher, nach Leim und Leder. Ich habe es versucht, aber er ist nun mal, wie er ist, mein Papa. Und wie geht es dir?

Gelogen wäre das nicht. Man muss sich nicht bei jedem Wort in die Augen sehen, man kann es so machen, wie du und ich, aneinander vorbeigucken, in den Haselstrauch zum Beispiel, auf das begrünte Dach der Nachbarn und dabei einen Schluck Tee trinken. Man kann seine Sätze zur Straße hin sprechen oder an die Tischplatte. Die ist groß genug. Man kann seine Zuneigung verborgen halten, so sicher und verborgen, dass man sie nicht spürt.

»Du hast es dir einfach gemacht«, hätte Kai gesagt.

Wie mich dieser Satz ärgert.

»Du machst es dir zu einfach mit deinem Vater, und du machst es dir zu einfach mit mir.«

Kai glaubt, dass man um seine Liebe kämpfen muss. Ich glaube, dass man einen Menschen entweder liebt oder eben nicht.

Er ist in die WG seines Bruders gezogen, der noch bis zum nächsten Semester in Stockholm ist. Bis dahin wird auch seine alte Wohnung wieder frei.

Mache ich es mir zu einfach? Versucht habe ich es, doch sobald wir hängen geblieben, sobald wir ins Stocken geraten sind, habe ich aufgegeben. Hab nichts gewagt, nichts riskiert.

Und in zehn oder fünfzehn oder zwanzig Jahren werde ich dich im Johannesstift besuchen, sonntags zum Kuchenessen. Nusskuchen, den magst du. Ich werde deine Hand halten und deine Serviette aufheben, wenn der Wind sie vom Tisch weht. Deine Zimmernachbarn werden uns zunicken und auch die anderen Besucher, schau, Herr Demirkaya hat Besuch von seiner Tochter, und sie werden die Köpfe in unsere Richtung neigen. Wir werden zurücklächeln, keiner wird bemerken, dass wir bloß eine Vater-und-Tochter-Attrappe sind.

Und bald darauf wirst du sterben, und ich werde nicht verstehen, was mir so schwer gefallen ist mit dir. Ich werde es im Nachhinein nicht begreifen, was es mich gekostet hätte, etwas zu wagen. Das weiß ich genau. Ich werde mir nicht vergeben, dass ich die Scham, die Schüchternheit, den Zweifel hab gewinnen lassen und die Fremdheit nicht überwinden konnte.

Du sitzt immer noch draußen, ich bin mir nicht sicher, ob du noch wach bist. In Nachthemd und Strickjacke stehe ich in der Terrassentür. Da schnieft es kurz. Ich schniefe zurück.

»Wieso machst du kein Licht?«

»Dann werde ich gestochen. Schläfst du noch nicht?«

»Bin noch gar nicht müde«, sage ich und setze mich auf die Tischkante. Der Tee in der Kanne ist kalt geworden, in der Zuckerdose liegt eine tote Wespe.

Abends darf man bei uns im Schlafanzug herumlaufen, abends ist es nicht mehr *ayıp*, nur morgens. Wenn du früher vom Einkaufen wiederkamst, und wir waren noch im Nachthemd, oder wenn wir uns am Wochenende erst gegen Mittag anzogen, dann gab es Ärger.

Ausschlafen, faulenzen, auf dem Sofa liegen und lesen, auf dem Sofa sitzen und stricken, Nichtstun war verboten. Mama leerte die Mülleimer, putzte das Bad, erledigte Telefonate im Nachthemd, sie reparierte im Nachthemd ganze Zelte, kürzte Ärmel und Hosen, und manchmal empfing sie auch ihre Damen zum Abstecken. »Kommen Sie rein, Frau Härdter, ich bin noch gar nicht angezogen.«

Dich brachte das aus der Fassung, wie sieht das aus, was denken die Leute, es ist schon ein Uhr.

»*Allahım*, langsam verliert er den Verstand. Mein Nachthemd ist seine neuste Marotte. Als käme gleich Dings zu Besuch.« Dings, das war jemand wichtiges, jemand bedeutendes, eigentlich jeder, der in den Laden kam. Die meisten Kunden hatten sich an Mamas Aufzug gewöhnt, sie freuten sich darüber, dass man bei Frau Demirkaya ganz entspannt zur Anprobe kommen konnte und meist noch eine Tasse Kaffee bekam.

Die einzige wirklich bedeutende Person, die uns ihre Aufwartung machte, war ich.

»Oho, Diana«, riefst du, sobald ich aus meinem Zimmer kam, wenn ich auf dem Sofa saß und in der Fernsehzeitschrift blätterte, wenn ich mich im Spiegel betrachtete, wenn ich eine Tüte Chips aufriss.

»Oho, Diana, was hast du für ein sorgenfreies Leben.« Und weißt es nicht einmal, weißt es nicht zu schätzen. Das sagte er nicht, ich verstand auch so.

Wie es dir als Kind im Dorf ergangen war, erzähltest du nie, aber anscheinend lebte ich im Vergleich dazu das Leben jener Prinzessin, deren Hochzeit wir uns im Fernsehen angesehen hatten.

Tante Gülseren war derselben Meinung. »Ihr wisst nicht, wie es ist, in der Hitze einen dornigen Acker zu pflügen, mit aufgerissenen Fersen, hungrig und durstig.«

»Gülseren, hast du schon mal ein Feld gepflügt?«, fragte Mama dann.

»Ich nicht, aber meine Brüder. Blutige Fersen hatte ich schon, den ganzen Sommer über.«

»Haydar hat Recht. Manchmal denke ich auch, dass es unseren Mädchen an Demut fehlt.«

»Jetzt du nicht auch noch, Vildan«, sagte Mama.

In den Nachbarhäusern sind die Rollläden schon heruntergelassen. Mamas Solarlampen von Tchibo leuchten matt zwischen den Hortensien

»Wie spät ist es?«

»Halb elf.«

»Um halb elf kann man langsam schlafen gehen«, sagst du und stellst deine Rückenlehne auf. Du trägst den Gartenstuhl unter das Dach, nimmst die Sitzpolster ab. Ich weiß nicht, wie ich es sagen soll. Erst als du schon im Wohnzimmer stehst, gebe ich mir einen Ruck.

»Du.«

»Mhm?«

»Ich kann meinen Termin am Freitag absagen.«

»Wieso?«

»Ich weiß nicht, ich dachte, dann würde ich erst am Sonntag fahren.«

»Musst du wissen, *kızım*.« Tochter. Meine Tochter.

Wir sehen uns an. Du siehst aus, als würdest du über irgendetwas ganz anderes nachdenken. Ob es heute Nacht regnet. Ob du die Polster ins Haus tragen sollst.

Ich nehme die Teekanne.

»Dann gute Nacht.«

»Gute Nacht, *baba.*«

16

In der Küche liegt eine Tüte mit Brezeln. Du hast dir schon Kaffee gekocht und bist unten in der Werkstatt. Die Brezeln sind für mich. Ein einziges Mal habe ich gesagt, wie sehr ich die Brezeln vom Bäcker Weidemann vermisse. Seither gibt es, wenn ich bei euch bin, Frühstücksbrezeln. Ich lese in der Zeitung, blättere den Aldi-Prospekt durch. Serranoschinken, Geflügelscheren und Yogahosen. Den Werbeprospekt vom Elektromarkt.

»Wir lesen das!«, hatte Mama gesagt, als ich vorschlug, einen Aufkleber mit »Bitte keine Werbung« auf den Briefkasten zu kleben. Auf einem solchen Prospekt hatte ich einmal deinen Lucky Luke entdeckt: Eine Kulizeichnung, ein Mann mit Hut und Zigarette im Mund, daneben stand in deiner Handschrift: »Die Menschen in Deutschland rennen umher wie kopflose Hühner.« Damals wusste ich noch nicht, dass Hühner wirklich noch rennen können, wenn man ihnen den Kopf abgeschlagen hat. Ich riss die Zeichnung sorgsam aus und legte sie in meine Schuhschachtel mit Geheimnissen, beschämt, weil ich etwas gesehen hatte, was nicht für mich bestimmt war, beschämt, etwas zu stehlen, und ganz besonders, weil ich ahnte, dass du vielleicht unglücklich warst.

Wärst du nach Deutschland gegangen, wenn sie dich hätten auf die Mittelschule gehen, eine Ausbildung machen lassen? Mein Leben wäre ein anderes gewesen.

Vielleicht wäre Mama damals auch weggelaufen, wenn Mädchen hätten weglaufen können. Sie ist nicht weggelaufen, vielleicht hatte sie als Kind schon diese tiefe Zuversicht, dass die Dinge gut ausgehen würden. Irgendwas wird schon werden. Wir haben schon so vieles hingekriegt. Das wird uns auch nicht umbringen, das sagt sie doch immer.

Das Telefon klingelt. Für mich wird das nicht sein. Es klingelt lang und hört nicht auf. Schließlich gehe ich doch ran.

Es ist Meray.

»Wieso hast du nicht gesagt, dass du hier bist?«

Sie hat dich auf dem Wochenmarkt getroffen.

»Du hättest doch Bescheid geben können. Und dann fährst du heute schon wieder!«

»Ja, leider.«

Das ist keine Antwort, Meray stört das nicht.

»Schade. Dein Vater findet es auch schade, dass du nur so kurz bleibst. Immer hat sie so viel zu tun, die Arme. Er sagt, du überarbeitest dich, wenn du so weiter machst.«

»Ich glaube nicht, dass mein Vater …«

»Du, ich habe heute frei. Brauchst nichts vorzubereiten, ich bin gerade zuckerfrei. Ein Tee reicht mir. Ich habe Enis versprochen, dass ich ihn gleich nach Schulschluss abhole. Und danach hat er Gitarre. Warum hast du mir nicht gesagt, dass du kommst? Also, meine Liebe, mach's gut, wir sehen uns später.«

Ich sauge die Küche und das Wohnzimmer, sehe im Gefrierschrank nach, ob wir gefrorene Früchte für eine Quarkspeise haben. Den Puderzucker kann ich weglassen. Zwetschgen haben wir, auf den Etiketten steht »Swetschge«.

»Was suchst du?« Du stehst hinter mir.

Der Schrank fängt durchdringend an zu piepen, die Tür ist zu lange geöffnet. Ich drücke das Piepen weg.

»Haben wir keine Beeren?«

»Wozu?«

»Meray kommt.«

»Ach ja, stimmt.«

»Macht nichts. Sie hat gesagt, sie will nur auf einen Tee vorbei.«

»Schau mal, ob Kuchen da ist.«

»Sie isst nichts Süßes.«

»Mach einen Salat.«

»Zum Tee?«

»Mach was Salziges.«

»Du kennst Meray. Sie sagt, sie trinkt nur Tee und erzählt Sonja und Darija hinterher, Ipek habe sie mit einer müden Tasse Tee abgespeist. ›Und ich bin extra zu ihr gefahren.‹«

Zum Tee gibt es Trauben, Feigen und Pfirsiche. Für dich stelle ich noch eine Schale Cantuccini dazu.

»Die Trauben sind vom Markt«, singt Meray. »Die habe ich auch gekauft, mein Onkelchen weiß, was gut ist.«

Du freust dich, auch über Onkelchen, *amcam benim*, gesagt voller Zärtlichkeit und Wärme.

»Von Mario«, sagst du wie ein verlegener Junge.

»Dieser Mario, der macht die Preise auch, wie es ihm gefällt. Letzte Woche hat das Kilo noch drei Euro gekostet.«

»Aber er hat die besten Trauben.«

»Er wird schon sehen, was er davon hat. Ich kauf nicht mehr bei ihm ein, wenn das so weitergeht.«

»Du klingst wie deine Tante.« Er meint Mama.

»Ah, Onkelchen, hat nicht jeder, so ein pralles Portemonnaie wie du«, sagt Meray.

Du greifst nach deinem Geldbeutel in der Gesäßtasche. Dort steckt er, seit ich denken kann, früher hattest du auch noch den kleinen Kamm darin.

»Ich habe keinen Pool in meinem Garten«, sagst du und legst ihr den Geldbeutel hin. »Bitteschön.«

Meray schiebt ihn von sich. Wenn sie lacht, röten sich ihre Wangen. Sie hat wirklich schöne Zähne.

»Wenn du dein Geld nicht Mario in den Rachen schieben würdest, könntest du auch einen Pool haben.«

»Mario soll sogar zwei Pools haben. Einen für Frauen und einen für Männer«, sagst du.

Meray ist schon ganz rot vor Lachen.

»Hast du schon mit deiner Mutter telefoniert?«, frage ich.

»Du kannst ja zu uns zum Planschen kommen«, sagt sie und dreht sich zu mir. »Wie bitte?«

»Deine Mutter, habt ihr schon telefoniert?« Natürlich wird sie mit ihrer Mutter telefoniert haben.

»Hast du die Fotos gesehen? Ich glaube, sie haben jede schon zwei Kilo zugenommen.«

»Ich habe keine Fotos bekommen.«

»Ach Gott, Ipek hat ja kein WhatsApp. Rück näher.«

Sie nimmt ihr Handy aus der Tasche. Du stellst dich dicht hinter mich, beugst dich über meine Schulter. Deine Bartstoppeln sind ganz weiß.

»Schau, die lassen es sich gut gehen.«

Wir betrachten Mama, Tante Gülseren, Tante Vildan und Tante Dragica auf der Hotelterrasse, in weißen Frotteemänteln auf den Liegen. Tante Vildan mit hochgekrempelten Hosenbeinen in einem Bach. Mama und Tante Gülseren beim Kaffeetrinken. Tante Gülseren im Sonnenuntergang.

»Mir schenkt niemand eine Wohlfühlreise.«

»Was hast du denn in einem Wohlfühlhotel zu suchen, Onkel, du bist doch glücklich mit deinen Stoffballen. Wenn du deine Frau vermisst, drückst du den.«

Du schubst Meray, sie kreischt und hält sich an der Tischkante fest.

In einem unserer Fotoalben klebt ein Foto von Meray und mir, wir sind beide neun oder zehn. Ich trage den Jeansrock, den Mama mir genäht hat. Meray trägt ein Flamencokleid mit schwarzen Punkten und ein Haarband. Sie tanzt keinen Flamenco, Meray tanzt bei türkischen Hochzeiten auf dem Tisch. Wenn Meray tanzt, klatscht ihr Vater, er hebt sie auf den Tisch, er küsst sie vor allen anderen. Ich konnte der tanzenden Meray nicht zusehen, so sehr beklemmte mich der Anblick dieses Mädchens mit den propperen Armen, den langen, seidigen Haaren, diesem Kleid, und doch schaffte ich es nicht, den Blick von ihr zu wenden.

Nie im Leben hätte ich auf dem Tisch getanzt.

»Heb die Arme, Kind.«

Die anderen Mädchen, die meisten waren älter als ich, hielten sich die Ponyfransen aus der Stirn, kreisten mit den Hüften, ließen die Schultern zittern, beugten sich zur Musik rückwärts zu mir herab, wedelten mit ihren Taschentüchern.

Mama sagte: »Es gehört sich nicht, den ganzen Abend wie festgewachsen auf seinem Platz zu sitzen. Ein, zwei Lieder, dann kannst du wieder gehen. Schau dir mal Meray an.«

Sogar du sagtest: Schau dir mal Meray an.

»Du hast sie sowieso viel lieber als mich«, sagte ich, als du mich vor der Haustür, wie immer, auf den Rücken nehmen und in mein Bett tragen wolltest. Du wusstest, wen ich meinte.

»Du Dummkopf«, sagtest du und ich stampfte die Treppen in den dritten Stock hoch.

»Mensch, Ipek, du erzählst ja gar nix.«

Sie legt mir die Hand auf den Arm.

»Wie geht es dir? Kai und du, ihr seid jetzt ...?«

Sie hebt die Hände in die Höhe, und macht eine Bewegung, die »zu Ende« bedeuten soll.

Ausgerechnet der fällt ihr jetzt ein.

»Ja, schon eine ganze Weile.«

Über Kai haben wir kein Wort verloren. Du schniefst, rührst mit dem Löffelchen im Tee, obwohl sich der Zucker bestimmt schon längst aufgelöst hat. Ich fülle unsere Gläser noch einmal auf. Stille.

Du und ich, wir tanzten nicht auf Tischen. Vielleicht hast du gehofft, ich könnte das Genieren einfach abwerfen, wie Meray ihren Fransenschal.

»So«, sagt Meray und trinkt ihren Tee aus. »Ich muss Enis abholen. Dieses Kind, hat schon wieder seine Zahnspange verloren. Das muss man sich mal vorstellen.«

»Du hast gar kein Obst gegessen«, sagst du.

»Ich hab doch gesagt, ich komm nur schnell vorbei, um dich zu sehen.« Sie drückt mich, schlüpft in ihre Turnschuhe, sucht in der Handtasche nach ihrem Autoschlüssel.

»Und beim nächsten Mal sagst du bitte rechtzeitig Bescheid, wenn du kommst.«

Wir bleiben in der Tür, bis sie weggefahren ist.

Du siehst in den Himmel und sagst: »Ganz angenehm.«

Heißt das, du würdest gerne einen Spaziergang machen?

»Kannst du Haare schneiden?«

Ich zögere kurz.

»Ja, ich denke schon.«

17

Meray zwingt dich zum Sprechen, weil sie Meray ist. Mit ihr kannst du sein, wie du bist. Mit mir ist es anders oder ist es anders mit dir? Wir sind, wie wir sind, um mit dir zu sprechen, müsste ich anders sein. Ich will nicht anders sein. Ich will ich bleiben und du sollst du bleiben. Können wir wir selbst bleiben, den Abstand lassen und uns trotzdem nah sein?

Doktor Funke, mein Vater und ich brauchen einen Termin. Sie müssen uns in den Schlund kucken, tief hineinleuchten mit ihrem Lämpchen. Uns etwas verschreiben, gegen das, was uns den Hals verstopft und den Mund. Immer wieder träume ich, mein Mund wäre voll mit zähem festem Schleim, den ich nicht ausspucken und selbst mit den Händen nicht herausziehen kann. Er ist mir im Rachen festgewachsen, so wie die Zunge. Die Sprache sitzt mir fest im Hals, ein Wörterstau aus Vokabeln aus vielerlei Sprachen und zu nichts zu gebrauchen.

Wenn wir weiter schweigen, werden wir für immer wie Fremde um den Herd in der Küche herumstehen, wie die *living strangers*. Wir sind keine *stranger*, wir sind Vater und Tochter, waren uns nah und so schön albern. So hätte es bleiben müssen, denn Vater und Tochter sollen nicht miteinander schweigen. Sie sollen sich vertraut fühlen, sicher, geborgen und beschützt. Sie sollen sich mit Worten berühren und nicht am Ungesagten ersticken.

Als Großmutter starb, brachte ich es nicht über mich, irgendetwas zu dir zu sagen, nicht einmal eine trockene Beileidsbekundung. Mama, du und ich waren bei ihr, nicht als sie starb, doch als sie schon sehr krank war, als die ganze Familie zusammengekommen war und Mama schimpfte. »Sie braucht jetzt Ruhe und nicht diesen Menschenauflauf an ihrem Bett. Warum begreift das niemand?«

Ein paar Tage später ging mein Flug zurück, ich war nicht einmal eine Woche da gewesen. Mama sagte, »Wir sind doch bei ihr«, du sagtest nichts, nichts zu meiner Beruhigung, du machtest mir auch kein schlechtes Gewissen. Am Morgen, als sie gestorben war, rief mich Mama an. Du warst nicht im Haus, und ich bat sie, dir mein Beileid auszurichten, froh, es dir nicht selbst sagen zu müssen.

Wenn wir jetzt über Großmutter sprechen, dann stets über Dinge, die lange in der Vergangenheit liegen, nicht über ihre letzten Tage, nicht über ihren Tod. Nie würde ich dich fragen, ob sie dir fehlt, ob es dich traurig macht, wenn du an sie denkst. Ich bin unfähig, etwas zu sagen, was wahrhaftig wäre, kann nicht von etwas sprechen, was mich berührt, etwas, was ich erst spüren und für das ich schließlich eigene Worte finden müsste. Und weil es mir widerstrebt, stattdessen einfach das zu sagen, was man eben sagt, fertige Sätze, abgegriffene Worte, Floskeln, leere Worte, sage ich, wie immer, nichts.

Was sagten wir zueinander, wenn wir etwas sagten?

»Wohin gehen wir?«, fragte ich. Und du antwortetest: »Ins Kino«, oder, »nach Paris«.

Das hieß, wir gingen nirgends hin. Denn wir gingen nie ins Kino. Ich schon, mit meinen Freunden aus der Schule.

Aber niemals Mama und du und schon gar nicht wir alle zusammen. Filme sahen wir im Fernsehen, auch die Videokassette mit *Ezo Gelin*. Ins Kino gingen wir nur, wenn wir nirgends hingingen. Wir fuhren nie nach Paris. Du sagtest, du würdest gern nach Paris fahren. Im Fernsehen sahst du dir gern Reisereportagen an, bereistest vom Wohnzimmersofa aus die Pyramiden, den Taj Mahal, den Djemaa el Fna in Marrakesch. »Da müsste man mal hin.«

Wenn ich einmal groß bin und Geld verdiene, würde ich dir eine solche Reise schenken, das nahm ich mir fest vor. Und hab es nicht getan. Ich habe dir angeboten, mich zu besuchen, in London und auch, als ich in Barcelona war.

»Mal sehen«, hast du gesagt. »Du kannst ja Fotos machen.« Oder: »Wir haben es im Fernsehen schon gesehen.«

Und ich war erleichtert, dass deine Reiselust doch nicht so groß war. Was hätte ich bloß gemacht, eine Woche mit dir in London?

Statt nach Paris fuhren wir sonntags ins Hallenbad. Mama lernte dort Brustschwimmen und Tauchen, mit anderen erwachsenen Frauen, die nicht schwimmen konnten. Du konntest schwimmen, kraulen, ganz gemächlich, du hast es dir selbst beigebracht, mit den anderen Jungen im Dorf. Im Fluss, in dem dich deine Mutter im Winter waschen wollte.

18

»Wie viel Zeit ist noch?«

»Mein Zug geht um 16.50 Uhr.«

Den Rucksack habe ich schon gepackt, viel habe ich nicht dabei. Du stehst im Bad, rasierst dich mit deinem Elektrorasierer. Das Surren kenne ich, ich hörte es früher im Schlaf, wenn du schon wach warst, um halb sechs, und Mama das Licht in meinem Zimmer anknipste. Ihr musstet in die Fabrik, ich in den Schulhort. »*Hadi kızım*, auf jetzt.«

Nach dem Surren kam »fst, fst, fsssssst«, mit Drei-Wetter-Taft sprühtest du dir eine lange Haarsträhne fest, sie sollte deine Glatze bedecken.

»Ipek, du musst aufstehen.«

Du siehst dich im Spiegel an, die lange Strähne ist längst ab. Mama fand sie albern, ich mochte es, wie der Wind sie hochblies und auch, wie du dir mit der Hand über die Stirn strichst, um sie zurück an ihren Platz zu schieben.

»Kannst du mit einem Haarschneider umgehen?«

Ich habe noch nie einen benutzt.

Aus einem schwarzen Ledertäschchen nimmst du einen Haarschneider und steckst das Kabel ein.

»Hier kannst du einstellen. Auf zwei, das ist gut.«

Mit den Füßen schiebst du den Frotteeteppich vor dem Waschbecken zur Seite, stellst den Hocker vor den Spiegel, ziehst das Polohemd über den Kopf.

Die Haare auf deinen Armen sind spärlicher geworden und weiß.

»Willst du das Unterhemd anlassen?«

Du nickst.

»Brauchst du ein Handtuch?«

»Nein.«

Ich schalte den Schneider ein, er surrt, ich schaue nochmal, ob er auf zwei Zentimeter eingestellt ist.

Im Spiegel treffen sich unsere Blicke.

»Du musst erst von oben nach unten rasieren.«

»Ich weiß.«

Oben auf der Glatze wachsen ein paar einzelne Härchen.

»Ich fang jetzt an.«

»Schneide mir nicht das Ohr ab.«

»Keine Sorge.«

Die Maschine läuft, ich setze sie an, fahre von oben nach unten. Millimeterfeine Härchen rieseln dir auf die Schultern.

»Ist fast nichts ab.«

»Dann stell auf eins. Wenn es zu kurz wird, bringt mich deine Mutter um.«

»Und sieht hässlich aus.«

»Das ist egal.«

Beim zweiten Mal schneidet die Maschine eine Spur in die Haare.

»Jetzt ist es besser.«

»Gut.«

Ich schneide ringsum von oben nach unten.

»Früher ließ man uns den Kopf komplett rasieren.«

»Als du klein warst?«

»War billig und praktisch.«

»Weißt du noch, als ich klein war, sagtest du, ich solle dir von meinem Haar abgeben? Du würdest dir eine Perücke machen lassen.«

»Du hattest viele Haare.«

Im Spiegel hebst du kurz den Blick, siehst mich an. »So, wie du es jetzt hast, sieht es besser aus.«

»Da bin ich aber froh.«

Ich klopfe dir mit der Hand die abgeschnittenen Haare von der Schulter.

»Den Nacken noch.« Du nimmst mir den Schneider aus der Hand, stellst den Regler auf Null.

»Jetzt kannst du von unten nach oben.«

Ich lege die Hand auf deinen Hinterkopf, du beugst den Kopf nach vorn. Ich mag das Geräusch, das das Gerät beim Rasieren macht.

Meine Hand liegt auf deinem Nacken, wir sprechen kein Wort, die Härchen rieseln herab.

»So. Jetzt siehst du wieder schick aus.« Ich klopfe mir die Hose ab.

Du wendest den Kopf von einer Seite zur anderen, fährst mit der Hand den Nacken hoch, betrachtest dich im Spiegel.

»Hast du besser gemacht als die Friseurin.«

Ich lächle, wasche mir die Hände und gehe hinaus. Du schließt hinter dir ab.

19

Du hast das Bad gesaugt und dich geduscht. Trägst ein kürbisfarbenes Polohemd. Wir räumen auf, obwohl es nichts aufzuräumen gibt. Es muss nichts in Ordnung gebracht werden, wir haben nichts durcheinandergebracht. Du sammelst Reklame und alte Zeitungen ein, faltest das Papier, drückst es flach.

»Soll ich noch mitkommen?«, fragst du auf dem Bahnhofsplatz.

»Nach Berlin?«

»Auf den Bahnsteig.«

»Man soll mit alten Traditionen nicht brechen.«

Du steigst aus, holst mir den Rucksack aus dem Kofferraum. Hilfst mir beim Aufsetzen.

»Hier, für die Fahrt.«

Du hast mir Trauben eingepackt.

Die Autorin dankt für das Arbeitsstipendium für
Berliner Autorinnen und Autoren 2020 der Berliner
Senatsverwaltung für Kultur und Europa.

Zweite Auflage
Verbrecher Verlag Berlin 2021
www.verbrecherei.de

Satz: Christian Walter
Druck: CPI Clausen & Bosse, Leck

ISBN 978-3-95732-492-4

Printed in Germany

Der Verlag dankt Alyssa Fenner,
Jasper Stephan und Luisa Stühlmeyer.